CW01676595

Alexandra Koszelyk

À CRIER DANS LES RUINES

ROMAN

Éditions Aux forges de Vulcain

TEXTE INTÉGRAL

ISBN 978-2-7578-8387-7
(ISBN 978-2373-05066-0, 1re publication)

© Éditions Aux forges de Vulcain, 2019

Le Code de la propriété intellectuelle interdit les copies ou reproductions destinées à une utilisation collective. Toute représentation ou reproduction intégrale ou partielle faite par quelque procédé que ce soit, sans le consentement de l'auteur ou de ses ayants cause, est illicite et constitue une contrefaçon sanctionnée par les articles L. 335-2 et suivants du Code de la propriété intellectuelle.

À CRIER
DANS LES RUINES

À ma pierre angulaire

« Je me demande pourquoi on écrit si peu sur Tchernobyl. Pourquoi nos écrivains continuent-ils à parler de la guerre, des camps et se taisent sur cela ? Est-ce un hasard ? Je crois que, si nous avions vaincu Tchernobyl, il y aurait plus de textes. Ou si nous l'avions compris. Mais nous ne savons pas comment tirer le sens de cette horreur. Nous n'en sommes pas capables. Car il est impossible de l'appliquer à notre expérience humaine ou à notre temps humain… »

Evgueni Alexandrovitch Brovkine, enseignant à l'université de Gomel, *La Supplication – Tchernobyl, chroniques du monde après l'apocalypse*, Svetlana Alexievitch.

« Si tout le reste périssait et que lui demeurât, je continuerais d'exister ; mais si tout le reste demeurait et que lui fût anéanti, l'univers me deviendrait complètement étranger, je n'aurais plus l'air d'en faire partie. »

Les Hauts de Hurle-Vent, Emily Brontë.

1

Quand Léna arrive à Kiev, elle ne s'attend à rien ou plutôt à tout. Des odeurs de son enfance, la musique de sa langue natale, les dernières images avant son exil. Mais de fines particules assombrissent les lumières de la ville, la grisaille embrume ses souvenirs. Des silhouettes la frôlent et semblent appartenir à un autre temps. Quand elle remonte le col de sa veste, un homme lui fait signe de l'autre côté de la rue puis s'approche. À quelques mètres d'elle, il découvre son erreur : il l'a prise pour une autre. Elle comprend à peine ses excuses en russe. Léna regarde la silhouette, celle-ci n'est déjà plus qu'un point à l'horizon.

« À la prochaine à droite, vous serez arrivé à votre destination. »

La voix métallique du GPS la sort de sa rêverie. Au bout de l'allée clignotent les néons de l'agence de voyages. Elle pousse la porte, de l'air chaud enveloppe ses mollets. Derrière le comptoir se tient une femme qui lui tend un dépliant. Ici, une seule destination est proposée.

« Pour vous rendre dans la ville fantôme Pripiat, vous prendrez notre bus. Il y a un seul aller-retour par jour. Quand vous serez dans la zone contaminée, vous ne resterez jamais seule. Vous suivrez la guide et resterez avec votre groupe. Deux conditions à remplir pour y accéder : vous devez me certifier que vous avez plus de dix-huit ans et que vous n'êtes pas enceinte. Vous signerez ce papier en deux exemplaires. Un pour vous, un pour moi. »

Le prix annoncé est élevé, mais Léna ne tergiverse pas quand elle dépose cinq cents dollars sur le comptoir. La femme au tailleur vert compte un à un les vingt-cinq billets de vingt dollars. Elle mouille son doigt puis l'applique sur le coin du billet. Une petite trace se forme avant de s'évanouir. L'hôtesse en fait un tas ordonné puis les range dans une boîte rouillée. Lorsqu'elle la referme, le grincement remplit la pièce vide. D'un tiroir, elle sort un registre d'inscription. De la poussière tournoie quand elle le dépose sur son bureau.

« Il me reste une place pour demain. Mais peut-être est-ce trop tôt ? »

Léna n'ose y croire, elle fixe la femme quelques secondes, puis sourit en signe d'acquiescement. Quand elle repasse le seuil de l'agence, le ciel lui semble moins gris.

La nuit, le sommeil peine à venir : la lumière de la diode du téléviseur l'empêche de s'endormir. Léna se retourne, s'enroule dans le drap, sans jamais trouver le sommeil. À trois heures du matin, elle s'avoue vaincue. Elle tâtonne et appuie sur l'interrupteur de la lampe. Une lumière jaune envahit la pièce. Elle plisse les yeux puis sort un roman de sa valise, une araignée en surgit. Léna sursaute puis regarde ce corps velu, il sera son compagnon de nuit. Les pages tournent, les heures défilent, Léna découvre le destin d'une femme brisée par l'Histoire. Le personnage s'appelle Lara : le prénom commence et finit comme le sien. Léna se rendort sur cette pensée quand les premières lueurs du jour arrivent.

« Ma charmante, mon inoubliable ! Tant que le creux de mes bras se souviendra de toi, tant que tu seras encore sur mon épaule et sur mes lèvres, je serai avec toi. »

Le livre tombe sans bruit, les lettres du titre *Le Docteur Jivago* paraissent plus noires sur le carmin de la moquette. Dans un coin, l'arachnide tisse sa toile sans se préoccuper du temps.

Trois heures plus tard, Léna est en avance. Elle a trouvé refuge dans un café, tout près du lieu de rendez-vous. Derrière la vitre, le monument de la place Maïdan impose sa verticalité. Quelques instants, le regard de Léna se perd sur la statue qui surplombe la colonne : érigée en 2001 pour commémorer les dix ans de l'indépendance, Berehynia, la déesse mère de la Nature et protectrice de l'Arbre de Vie, domine la ville. Les bras levés, elle s'ouvre au monde et porte un rameau d'or. Léna repense à sa grand-mère. La voix des souvenirs se superpose à la musique criarde du café. Pendant quelques secondes, elle est dans le parc de Pripiat, avec Zenka, quand elle lui racontait ce mythe.

En ce matin d'avril, la lumière rasante amplifie le contraste du bronze et de l'or. Léna distingue un groupe se former sous la statue, il est temps de les rejoindre. Le café virevolte encore dans la tasse quand Léna ferme la porte de la brasserie. D'un regard, elle compte les participants. Le minibus est aussi vieux que sa grand-mère. Le chauffeur s'affaire tout autour, il resserre quelques écrous, sous le regard du groupe. De la poche arrière de son pantalon, sort un chiffon aussi taché qu'un test de Rorschach.

Léna s'interroge, quel personnage de la mythologie incarnerait-il ? Depuis toute petite, elle adore ce jeu : associer des personnes à des êtres légendaires. Elle se souvient encore de la vieille édentée qui tenait l'épicerie de Pripiat. Avec son foulard sur la tête, elle ressemblait à Baba Yaga, la plus terrifiante des ogresses. Léna se retenait de faire une grimace de dégoût quand les doigts de cette sorcière lui rendaient sa monnaie. Le chauffeur pourrait être Charon, un passeur d'âmes des temps modernes : lui aussi emporte dans son véhicule des hommes sur une terre maudite. Léna fouille dans sa poche, elle en sort quelques pièces qu'elle fait sauter dans sa paume. Les rayons du soleil levant accentuent leur teinte dorée.

Une femme au visage émacié s'approche de Léna : elle lui tend un bracelet en plastique jaune : *visitor*. Léna le passe autour de son poignet puis s'assied à l'arrière. Elle est bientôt rejointe par un homme, lui aussi voyage en solitaire. Léna essaie d'engager la conversation, mais ils n'ont rien à se dire réellement. Le bus s'ébranle, ils quittent rapidement Kiev. À l'arrière du car, Léna sort son livre. Ses yeux tombent sur la quatrième de couverture. Sous le nom de l'auteur, Boris Pasternak, figure une brève notice : « Bien que sorti en 1957, le roman ne sera publié en Russie qu'en 1987. » Trente ans après sa publication à l'Ouest, un an après Tchernobyl.

Le livre sur les genoux, Léna regarde la succession des rues, puis ses yeux se posent sur la guide : son métier l'intrigue. Pourquoi travaille-t-elle dans la zone irradiée ? Quand elle parle en anglais, la guide garde ses R roulés. Sa voix lui rappelle sa mère :

« Les sessions durent deux heures maximum. Vous devez impérativement rester à côté de moi. Je suis la seule personne capable d'évaluer les risques. N'importe quel objet, même minuscule, peut être gorgé de radioactivité, comme la mousse sur les arbres et au sol. Ne la touchez jamais ! »

Léna pense à la décharge signée à l'agence : « En cas de maladie, pas de procès. » Les recommandations s'allongent, l'attention de Léna se perd. Son souffle sur le carreau dessine des nuages éphémères. De son doigt, elle parcourt la couverture veloutée du livre. Cela fait maintenant vingt ans qu'elle vit à côté de Cherbourg : pour les Français, elle est restée la fille de l'Est, ici elle est devenue « la petite Française ».

Le bus file en ligne droite à travers les plaines ukrainiennes, le bruit des appareils photo berce Léna. La guide se tait enfin. Elle met une vidéo sur la centrale actuelle. Sur le petit écran du car, le documentaire parle du prochain sarcophage de Tchernobyl : il permettra à terme de confiner le réacteur n° 4. Deux décennies après la catastrophe, les chiffres sont encore flous : ils varient d'une expertise à l'autre. Le documentaire parle des 900 000 liquidateurs, morts ou malades, mais aussi des 3,5 millions de personnes qui vivent encore dans la région contaminée. Aux abords de la Centrale, les dosimètres indiquent que les radiations sont aussi fortes qu'en 1986.

Le bus cahote, les paysages changent. Les platanes portent leurs longues ombres sur la route. La campagne s'étire : à perte de vue, des champs de blé, et de betteraves. L'été, ils sont bordés de coquelicots qui tapissent le bas-côté des routes de leur passion sanguine. Leur lent balancement rythme les années. La campagne offre à la jeune femme un aspect plus familier : le temps n'a pas eu la même emprise qu'à Kiev. Elle y retrouve les couleurs de son enfance, sa douceur aussi. Un chant millénaire remonte des entrailles de la Terre.

Le chauffeur ralentit, ils entrent dans la Zone. Un garde en tenue militaire lève la barrière vermoulue qui marque la frontière. La tension au sein du groupe devient palpable, un mélange d'excitation morbide et d'étonnement. Les cliquetis des appareils photo s'arrêtent.

2

Un hoquet sort de la bouche de Léna. Sa terre est devenue une simple attraction touristique. Sa ville natale est un cimetière dont le sol subit chaque jour les semelles des touristes. Ils écrasent une terre irradiée, calcinée par le feu. La jeune femme détourne le regard, ses préoccupations sont ailleurs, elle doit se concentrer sur l'essentiel : elle n'est pas venue pour pleurer.

Le bus s'arrête quelques centaines de mètres plus loin, la porte s'ouvre. Un frisson parcourt son dos. Chez elle. Nul accueil amical pourtant. De son sac, elle sort le compteur Geiger, fourni par l'agence de voyages, il sera un compagnon utile pour son projet. Elle s'en saisit puis descend du car. Elle pose ses pas plume sur une terre de plomb, son pouls s'accélère, des larmes lui montent au coin des yeux. Elle les essuie rapidement d'un bref revers de la manche. Elle inspire puis retient sa respiration. Elle souffle ensuite des goulées d'air qui tourbillonnent devant elle et forment un halo de brume protecteur.

Face à Léna, la nature est hostile. Un vent au chant guerrier emplit ses oreilles. Un tapis d'herbes radioactives se dresse, ses extrémités sont aussi pointues que des lances de soldats. Sur cette terre, les hommes ne sont plus les bienvenus : la nature est devenue la reine, tous ses pions sont tombés en 1986. Elle est une amazone, et défie quiconque veut s'en approcher. Que reste-t-il de l'ancienne Pripiat ?

Dans les années 1970, habiter cette ville était un luxe. En pleine guerre froide, Pripiat brillait et soutenait avec fierté les couleurs soviétiques. Tous les matins, à 10 heures, Léna et ses camarades de classe chantaient fièrement l'hymne de leur pays. Chaque petite fille avait la même coiffure : de fines tresses qui se terminaient par un ruban du même rouge que le drapeau soviétique. Les garçons, la main sur le cœur, portaient un foulard, savamment noué. La jeunesse était fière de sa patrie glorieuse, la tête tournée vers les étoiles. Dans tous les appartements, des dessins de fusées étaient accrochés sur le frigo nouvellement acquis.

Pourtant, de façon prémonitoire, quelques hommes surnommaient Pripiat « la Nouvelle Babel ».

Vingt ans après sa destruction, la déchéance s'étale comme une malédiction. À perte de vue, des ruines de béton. Toutefois, l'abondante végétation immobilise Léna. Elle imaginait des immeubles éventrés, sans vie, mais le contraire s'ouvre à elle. La nature a repris ses droits, différemment, la vie s'est frayé un chemin nouveau et tortueux, à travers les affres de la mort et du feu. Un renouveau a eu lieu.

Là, des arbres poussent et repoussent les anciennes infrastructures des hommes. Les bâtiments carrés des années 1970 se teintent d'Art nouveau avec cet enchevêtrement de feuilles. Leurs branches perforent les fenêtres et les bâtiments. Ils entourent les colonnes de béton et forment des guirlandes enchanteresses. Léna repense à la photographie prise lors d'un week-end en Bretagne et accrochée depuis au-dessus de la télévision. Les verts de la forêt de Brocéliande sont les mêmes qu'ici.

Pripiat défie les lois, la vie s'étale malgré la ruine, et appose un pansement providentiel. Les arbres clament leur regain, même si l'agitation tragique du passé bruit encore sur chacune de leurs ramifications. Chaque feuille projette son éventail de couleurs, dans lequel se reflète l'incendie qui a dévoré cette région un certain 26 avril 1986.

Autour de Léna, des bus vont et viennent : ils sont des dizaines à vomir des touristes. Un ballet étrange, mais toujours ce même étonnement dans les yeux de chacun. Ces hommes entrent dans la ville et, en ogres, se nourrissent d'images.

« Souvenez-vous, vous devez toujours me suivre. »

Léna laisse partir les autres puis enfonce ses pas dans les empreintes de celui qui la précède. Le temps des retrouvailles est compté : au-delà de deux heures, il est dangereux de rester dans la Zone sans protection. Le chemin qui mène au centre de Pripiat est surprenant. Des deux côtés de la route, des panneaux, blancs sur le recto, noirs sur le verso, portent le nom des morts. Ce sont des tombes sans corps. À leur pied, quelques fleurs violacées, des trèfles sauvages, apportent leur touche de couleur. Ce cortège mortuaire guide le groupe. Seul le froissement des vêtements emplit l'espace.

Le chemin se ramifie dans trois directions. Les dix étrangers découvrent une steppe urbaine. Des fenêtres sans vitres, des portes arrachées et des blocs de béton, tombés des immeubles, se sont amoncelés au fil du temps. Des branches les traversent et les enlacent. Des graffitis griment les maisons, comme le maquillage d'une vieille femme. Au détour des rues, des chiens sauvages traînent leur ventre creux et posent sur les hommes des regards vides. Ces animaux n'ont plus rien à voir avec des chiens, car leurs gènes se sont modifiés avec les radiations. Ce sont des loups au pelage sombre.

Soudain, le regard de Léna est attiré par le dessin sur une façade encore intacte : le dessin d'une femme à la gloire du Parti : elle tient une colombe prête à s'envoler dans sa main droite, ses cheveux flottent au vent et une arabesque de couleurs chaudes l'entoure. La vision est hors du temps, comme suspendue. Personne ne regarde cette allégorie, pourtant, depuis vingt ans, elle protège ce lieu dévasté.

Les pilleurs ont fait leur travail. Au fil des années, tout ce qui a pu être retiré l'a été. Pripiat est un tombeau à ciel ouvert. Sur les murs au papier défraîchi, des traces de vie anciennes, dont les lambeaux forment des puzzles incomplets, telles les fresques d'un temps échoué. Le vent s'engouffre entre les interstices. Son chant porte en lui des paroles aussi mystérieuses que le murmure d'un mourant.

Immobile, Léna contemple les vestiges et les conséquences de la démesure des hommes : le vertige est abyssal. Il lui est impossible de superposer deux réalités : les souvenirs de son enfance n'arrivent pas à se fixer sur ces ruines. Face à elle, le réel d'une vi(ll)e à jamais engloutie.

Le groupe entre dans un immeuble. Cette pièce saisit Léna : autrefois, elle prenait des cours de danse dans ce bâtiment. Du parquet chaud, des miroirs et des barres, il ne reste rien. Elle se souvient encore de la voix de son professeur de danse :

« Ta mâchoire ! Pense à ta mâchoire, elle ne doit pas être serrée. Relâche-la et tout ton corps se détendra. Et prends soin de tes bras. Fais-les bien jolis ! »

Instinctivement, elle redresse son dos. Mais personne ne la regarde. À chacun de ses pas, le verre sur le sol émet des craquements sourds. Il lui semble que les débris se logent jusque dans ses plus petits vaisseaux sanguins. Au sol, au milieu des gravats, un soldat de plomb attire son regard. Elle repense à Ivan.

Ivan. Petite, Léna aimait prendre son temps. Défaire les lanières de ses ballerines, caresser la soie de son tutu avant de le plier. Elle sortait toujours la dernière de son cours de danse. Son ami Ivan l'attendait sur le perron et pestait contre son retard. Il boudait quelques minutes, avant de l'entraîner dans un éclat de rire. Leurs mains ne se lâchaient jamais.

Quelques jours avant la catastrophe, ils étaient arrivés essoufflés dans le parc. Muets, ils avaient regardé les nouvelles constructions. Léna clignait des yeux à chaque coup de marteau. Bientôt, un nouveau centre de loisirs ouvrirait : la grande roue attirait Léna, tandis qu'Ivan regardait avec envie la piste des autos tamponneuses. Ils avaient tous les deux des étoiles au creux des fossettes.

Aujourd'hui, par la fenêtre sans carreaux, Léna ne distingue que le haut de cette roue. Désormais figée, elle n'est plus que rouille, et réduite à figurer dans les journaux à sensation. L'enfance de Léna se balance silencieusement, vide de ses rires. Et Ivan, qu'est-il devenu ? Elle entend le groupe dans la pièce voisine : leurs voix résonnent contre les murs des pièces vides. Léna s'apprête à les rejoindre quand un vertige la prend.

Partie voici plus de vingt ans, elle a failli ne jamais revenir ici. Pourtant, au fond d'elle, Léna n'a jamais vraiment arrêté d'y croire. Un peu comme Ulysse, exilé loin de chez lui et qui n'a eu de cesse de désirer son retour. Mais ce matin, le moment de la révélation est venu. Elle avance sur des morceaux de verre, ses pas s'enfoncent : des racines renaissent, semblables à celles que d'autres lui ont coupées jadis.

L'odyssée de Léna prend sa source bien des années auparavant.

3

Léna naquit dans un hôpital soviétique de Pripiat en 1973. Ses parents, d'éminents scientifiques, s'étaient installés dans cette nouvelle ville créée pour loger les employés de la Centrale. Située à dix kilomètres de Tchernobyl, Pripiat était bordée de forêts et offrait à ses habitants un confort unique. Jusqu'à ses six ans, Léna passa ses journées chez ses grands-parents. Ils habitaient une maison située en pleine forêt entre Pripiat et la Centrale. Léna était accueillie par le sifflement de la théière sur le poêle à charbon. Sa grand-mère, Zenka, l'attendait devant un bol fumant. Léna sautait sur ses genoux, l'embrassait avec sa fougue enfantine et trempait son index dans le pot de confiture. C'était l'heure de l'histoire. Chaque journée commençait ainsi. Zenka lui racontait les légendes de l'Ukraine : ce pays est un véritable terreau pour les contes, et elle adorait broder de nouvelles histoires. Sa petite-fille la regardait, les yeux ancrés au visage à la douceur flétrie. Ils brillaient d'un indéfinissable éclat. Son conte préféré était la légende des coquelicots : « As-tu remarqué ces tapis rouges ? Dans les champs, les coquelicots sont fiers et pleins de vie. Ils poussent n'importe où, et égayent nos routes. Ils semblent aussi indestructibles que les cœurs de nos cosaques. Ces guerriers sont le trésor de l'Ukraine : ils portent en eux la rage de vaincre. Mais, souvent, les batailles tournent mal, les hommes meurent par milliers. Le cœur des femmes restées à l'arrière se déchire. Elles se lamentent sur leurs disparus. De leurs larmes tombées au sol naît cette fleur : le coquelicot possède la force du cosaque, mais il suffit de le cueillir pour voir se faner ses pétales, comme ces visages chiffonnés d'avoir trop pleuré. »

La grand-mère ne racontait jamais la même version : les variantes étaient aussi nombreuses que les jours dans une année. Dans une histoire, il était question d'une jeune fille qui partait à la guerre, retrouver son cosaque. Elle se coupait les cheveux avant de suivre sa route, fière sur son cheval. Le soir même, Léna avait pris des ciseaux et s'était coupé la frange. Malgré le soin apporté, la catastrophe avait eu lieu. Sa grand-mère avait éclaté de rire, quand Léna était entrée, hardie, dans le salon, ses cheveux en épis de longueurs différentes. Son père s'était contenté de lever les yeux au ciel pendant que sa mère pleurait les cheveux blonds disparus.

Entre la fillette et la grand-mère, les journées se déployaient paisiblement. Le matin, Léna prenait ses jouets en bois sculptés par son grand-père, et imaginait des histoires de princesse. La statuette ressemblait au mieux à un âne difforme : son grand-père était bien plus doué pour s'occuper de son jardin et de ses lapins. La petite passait des heures, allongée sur le haut du poêle à charbon, à se raconter des histoires.

Une nuit d'hiver, le vieil homme mourut sans bruit. Lors de la veillée mortuaire, des inconnus envahirent la maison. Ils restaient quelques minutes autour du corps allongé du vieillard avant d'embrasser Zenka. La petite fille regardait leurs silhouettes agrandies par la lueur de la bougie. À la fin de la veillée, une femme se pencha vers Léna. La fillette prit peur, l'inconnue ressemblait à la cruelle Izhuzhbaba des contes. Zenka retrouva sa petite-fille recroquevillée sous une couverture. Léna tremblait.

« Quand дед va-t-il revenir ? »

La fillette ne comprenait pas encore que les mains de son grand-père ne sculpteraient plus ses chevaux. Longtemps, elle crut qu'il reviendrait. Les grands ne jouaient-ils pas à un jeu ?

Zenka resta seule dans sa maison : la présence de la petite fille dans la journée suffisait à combler le cœur de cette mamie. À l'arrivée des beaux jours, l'après-midi était réservé au parc. L'observation de la nature charmait Léna, elle portait sur le monde un regard neuf, comme seuls les enfants savent le faire. La petite assimila la marche à l'ombre des saules : les arbres furent ses compagnons d'apprentissage. Une fois celle-là acquise, elle s'évertua à mettre uniquement ses pieds sur les ombres. Elle finissait les fesses à terre. Son rire se faisait cascade et ricochait sur les feuilles, il suffisait à étioler les tracas de Zenka. Le soleil s'amusait à zébrer les cheveux de Léna.

Dans ce parc, un jour d'avril 1976, Léna fit la connaissance d'un garçon du même âge qu'elle : Ivan. Ils avaient tout juste une lune d'écart. Un échange de seaux et de pelles scella leur amitié. À la langue russe parlée à l'école et à l'ukrainien parlé à la maison, ils ajoutèrent une troisième langue connue d'eux seuls. D'un regard, ils se comprenaient. Ils érigèrent un monde dont ils étaient les deux seuls habitants.

Un jour, Ivan lui banda les yeux.

« Fais-moi confiance. Suis ma voix, marche dans mes pas. »

Quand il lui enleva son foulard rouge, Léna découvrit leur cachette. Là, dans leur arche végétale, à l'abri de tous, Ivan l'embrassa comme le font les enfants de six ans : sur sa pommette gauche. Cet après-midi-là, ils tracèrent dans la terre les courbes d'un alphabet nouveau.

Léna et Ivan grandissaient. Pour leur septième printemps, Ivan cueillit toutes les pâquerettes du parc. Le garçon pinçait délicatement leurs tiges puis les courbait. Un peu de sève coulait sur ses doigts. Il alignait chaque fleur dans sa menotte. Quand cette dernière fut remplie, il s'assit à côté de Zenka qui chantonnait sur le banc. Ivan étêta une pâquerette, puis deux. Bientôt une ribambelle de fleurs s'étala dans l'herbe. Zenka le regardait, sans oser l'interrompre : les sourcils barraient le front d'Ivan. À cet instant, il prit chaque fleur pour l'enfiler sur la tige, avec la précision d'un horloger. Arrivé au bout de l'une il l'entaillait pour y glisser une autre, puis reprenait le même travail. La grand-mère s'amusa du soin apporté à la confection de cette couronne de fleurs. Parfois, la nouvelle tige n'était pas assez ferme, il fallait recommencer le travail, mais jamais Ivan ne s'arrêta, jamais il ne s'énerva. Alors que le jour tombait déjà, le garçon poussa un cri de joie :

« J'ai fini ! Zenka, pourrez-vous, s'il vous plaît, donner ces fleurs à Léna ? »

Le petit voulait faire une surprise à son amie. La vieille dame n'eut pas le temps de lui répondre, il était déjà sorti du parc, et hors de portée de voix. Le soir, des mains de sa grand-mère, Léna reçut cette couronne avec la dignité d'une reine.

Si la grand-mère s'amusait de cette exclusivité, les autres enfants regardaient Léna et Ivan comme des êtres à part. Personne ne s'approchait d'eux. C'était bien plus qu'une amitié : un univers entier leur tendait les bras. Au creux des ruisseaux et de la vallée, la grand-mère entendait, entre deux respirations, cette nature qui accueillait en son sein les deux enfants. Les hautes herbes folles s'écartaient sur leur passage, elles étaient une haie d'honneur païenne. Les deux petits étaient des êtres innocents, inconscients encore de l'offrande de cette terre bénie. Des enfants qui se disputent pour un seau et une pelle.

Les enfants rapprochèrent les deux familles. Celle d'Ivan ne faisait pas partie de ces éminents scientifiques recrutés pour faire tourner la centrale Lénine. Située à la périphérie de la ville, la maison était chauffée par un vieux poêle à charbon. Des casseroles sur le feu, sortait une vapeur de légumes qui constellait les vitres. Chez Ivan, la terre était sacrée : on l'honorait chaque jour.

Pour le garçon, faire pousser des plantes était le plus beau métier du monde. Son père partait dès l'aurore cultiver ou rapporter ce qui serait leur déjeuner. En ville, personne n'avait vu le père d'Ivan depuis dix ans. C'était un ours qui ne faisait confiance à personne, un taiseux au front de silice. Cet homme simple se contentait de suivre en rythme les sillons de sa charrue et aimait plus que tout entendre, dans le creux de sa plaine, le cri des loups. Cet homme ne croyait qu'en sa terre.

Les matins d'hiver, le père d'Ivan regardait toujours à travers la fenêtre cette neige qui craquellerait bientôt sous ses pas. Dans la maison flottait une odeur de barbe de paysan que d'autres appellent chicorée. Cette famille se contentait de l'essentiel qui berce le quotidien : la neige qui tombe, la mouche qui vrombit et s'ajoute à la musique du monde. Ivan baignait dans cette sérénité. Dans quelques années, lui aussi prendrait à pleines mains les rênes de la carriole. Il attendait avec impatience cette transmission.

Ivan aimait les silences de son père. Comme il distillait ses paroles, elles avaient ce goût du sacré. Quand il n'avait pas école, et qu'il n'était pas avec Léna, Ivan aimait passer ses journées avec lui. Son père lui apprit les jours de semailles et des récoltes. Les bonnes et les mauvaises plantes n'eurent plus de secrets pour lui. À dix ans, dans la forêt, Ivan savait déjà reconnaître tous les cris des oiseaux. Son père était la meilleure des encyclopédies.

Quand leur père revenait de la chasse, les bras chargés de victuailles, Ivan et sa sœur s'asseyaient par terre. La petite chantait des comptines, les plumes voletaient autour d'eux. Les petits doigts poisseux couraient sur les plumes de l'animal pour le déshabiller. Le soir, leur père allumait un grand feu dehors. Le bois craquait et lançait des étincelles, les chiens des alentours aboyaient dans la nuit, tandis que les canards dénudés se faisaient rôtir les dernières plumes. Cela sentait le cochon grillé jusque dans la forêt. La soirée s'éternisait toujours : Ivan racontait à Maroussia des histoires de princesse et la petite s'endormait dans ses bras. Lorsque le feu n'était plus que braises, le père portait Maroussia jusque dans son lit. Un soir, celui-ci revint et marmonna : « Tu viendras avec moi demain matin dans la forêt. »

L'excitation empêcha Ivan de dormir. En pleine nuit, il n'y tint plus et se leva sans bruit. Il alluma sa lampe de chevet et sortit de sous son lit un cahier de dessins. L'année précédente, Léna, les yeux remplis de malice, lui avait tendu ce cadeau. Elle connaissait l'adoration d'Ivan pour les plantes et le dessin. Ce cahier servirait aux deux passions.

Le jeune garçon passa sa main sur la couverture. Elle peluchait par endroits. Son vert prenait des teintes plus sombres dans l'épaisseur de la nuit. Il fit défiler les pages : des centaines de croquis s'animèrent. La douceur de la cosse d'un légume, la pointe acérée d'une épine de pin, le velouté d'une feuille. Au milieu de cette flore, quelques animaux dans leur habitat naturel. Tous regardaient Ivan. Quand il n'arrivait pas à dormir, il les dessinait de mémoire. Il conjurait ses monstres. Chaque croquis semblait pris sur le vif, comme une photographie.

Cette nuit-là, il fouilla dans sa trousse, en sortit un crayon mal taillé et sa gomme. Devant lui, une page blanche. Il tailla son crayon, des copeaux tombèrent par spirales sur la table. Il entreprit de dessiner une martre qu'il avait croisée dans la forêt quelques jours plus tôt. Il commença par son museau et cet air étonné quand elle l'avait observé avant de s'enfuir. Quelques secondes d'immobilité, les pattes tendues, déjà tournées vers un ailleurs. Ivan étoffait la queue de l'animal, quand il sentit quelque chose sur son épaule. Un simple frôlement. Il se retourna, la pointe de son crayon ripa sur le papier. Son père se tenait derrière lui, les yeux bouffis de sommeil.

« Que fais-tu à cette heure, Зóлото ? » chuchota-t-il.

À l'école, tout le monde parlait russe. L'ukrainien était banni. Aussi, quand son père l'appelait « mon trésor » en ukrainien, Ivan se sentait fier d'avoir un père différent des autres. Le regard de son père tomba sur son carnet.

Il se frotta le menton, les poils de sa barbe naissante crissèrent sous ses doigts et emplirent le silence de la nuit. Puis, de ses mains de paysan, il prit le cahier. Ivan ne respirait plus. Cette nuit, à la lueur blafarde d'une lampe de chevet, Ivan connut un instant de grâce. Son père, comme à son habitude, ne parla pas. Mais ses yeux humides parlèrent pour lui. Ivan comprit ce soir-là un peu les choses. De celles qui font les hommes meilleurs.

Les parents de Léna étaient tout le contraire. Ils vivaient dans ce nouveau quartier du centre de Pripiat créé pour les scientifiques tout juste sortis d'écoles prestigieuses. Ils faisaient la fierté du Parti communiste et étaient le feu sacré de la Nation. Le pays avait besoin d'eux, la guerre froide se jouait partout. Même sur un échiquier. Le joueur d'échecs Boris Spassky venait de perdre face à l'Américain Bobby Fischer : tous les Soviétiques se devaient de relever les manches pour auréoler le pays de nouvelles gloires. Dimitri et Natalia y mettaient un zèle tout particulier : ils étaient un couple modèle dont l'appartement moderne reflétait la réussite.

Les grandes baies vitrées donnaient sur la campagne : au loin, la cheminée de la Centrale crachotait sa vapeur. Un long couloir desservait les pièces de l'appartement. Trois au total : un salon-salle à manger, et deux chambres. Le Parti n'aimait pas le superflu. Les parents de Léna ne s'attachaient pas aux biens matériels : tout appartenait à l'État. Quoique rudimentaire et spartiate, l'appartement était douillet, grâce aux ajouts de Natalia. Quelques tableaux colorés de son père sur les murs trop blancs, un fauteuil à bascule pour les longues heures de lecture, un samovar toujours allumé pour le thé. Contre l'avis de son père, Léna avait punaisé des petits papiers sur les murs de sa chambre. Au-dessus de son lit, un extrait d'*Anna Karénine* s'évertuait à rester de travers :

« *Les familles heureuses se ressemblent toutes, les familles malheureuses sont malheureuses chacune à leur façon.* »

Les citations s'accumulèrent avec le temps. Quand Léna ouvrait la fenêtre de sa chambre, les petits papiers bruissaient comme un arbre à souhaits. Deux fois par mois, les parents de Léna sortaient le soir. Fans d'échecs, ils passaient leur soirée à jouer dans une salle à côté du cinéma Prométhée. Ces soirs-là, Natalia osait mettre un peu de rouge à lèvres. Quand les parents quittaient l'appartement, flottait dans l'air une fragrance de patchouli. Ils confiaient toujours leur fille à Oksana, une adolescente du septième étage.

Fille d'un technicien de la Centrale, elle était pour Léna la grande sœur qu'elle n'avait jamais eue. Oksana l'aidait dans ses devoirs, puis elle lui racontait les derniers potins du lycée. C'était devenu un rituel incontournable. Oksana était une jeune fille pétillante, elle devint rapidement un modèle pour Léna. Les soirées se terminaient toujours de la même façon. Oksana se mettait derrière Léna, et s'asseyait en tailleur. Avec ses doigts en éventail, elle démêlait ses cheveux, puis les départageait en deux nattes symétriques. Ses confidences faisaient grandir Léna. Oksana entrouvrait les portes d'un autre monde, auréolé de testostérone, de baisers et de désir. Léna gloussait de son rire enfantin.

Malgré la complicité entre les deux jeunes filles, jamais les parents de Léna n'invitèrent ceux d'Oksana chez eux. Les relations entre les techniciens et les ingénieurs de la Centrale étaient très codifiées. En revanche, une fois, les parents de Léna invitèrent ceux d'Ivan. Ce fut une débâcle sans nom.

Seule la mère vint, accompagnée d'Ivan et de sa sœur Maroussia. C'était une femme chétive qui n'avait pas l'habitude de parler. Elle posait sur ses enfants un visage silencieux, mais admiratif. À son entrée, Natalia lui dit bonjour en russe. La mère d'Ivan se raidit puis serra mollement la main qu'on lui tendait. Dans cet appartement cossu, elle était aussi à l'aise qu'une biche éblouie par des phares. Tremper ses lèvres dans le *tchaï* tout juste sorti du samovar fut le seul geste qu'elle s'autorisa. Très rapidement, la conversation tourna court. Les avancées scientifiques n'intéressaient pas la mère d'Ivan. Seul résonna le tic-tac de l'horloge en bois accrochée sur un des murs du salon. Heureusement, de la chambre, s'échappait le rire de leurs enfants. Sur le lit, les deux amis se chamaillaient pour la fin d'une histoire. Ivan avait coupé court aux arguments de Léna et la chatouillait. La petite était partie dans un grand éclat de rire quand elle était tombée du lit par mégarde. Ivan, toujours sur le lit, lui tendit la main. Ils finirent leur histoire sous une couverture, l'un en face de l'autre. Le temps n'eut plus de prise sur eux. Les parents étaient loin. Leur imaginaire possédait déjà cette force des mythes éternels. Au pied de l'immeuble, la nature écoutait, veillait et souriait de ces nouvelles légendes : elle s'y abreuvait.

À l'école, cette complicité charma les maîtresses. Elles regardaient ce petit couple, un sourire au coin des lèvres. Ivan ne se préoccupait que de sa belle. Le matin, il l'attendait devant le bosquet et portait ses affaires de classe. À la cantine, ils s'asseyaient toujours à la même table, et leurs conversations étaient intarissables. Ils s'aimaient comme des enfants de dix ans.

Un soir, après l'école, ils dessinèrent, au creux de leurs paumes, des clés sacrées. Elles ouvraient les portes de leur imaginaire. Ivan prit une voix grave, et chuchota à Léna : « Voici les clés de notre territoire. Nulle carte pour y mener. Quand nous serons plus grands, je t'y emmènerai. Là-bas s'élève une forêt. Une brume encercle le territoire, été comme hiver. Les arbres sont aussi forts qu'une armée. Des tilleuls et des frênes à perte de vue, dans un entrelacs sans fin. »

Puis, plus bas encore, comme un secret qui ne doit pas s'ébruiter : « C'est mon père qui m'a parlé de cette forêt primaire, à la frontière polonaise. Des bisons y courent encore. Nous y serons bien. »

Les yeux d'Ivan brillaient d'un étrange éclat, ceux de Léna imaginaient déjà le jardin.

Leurs camarades de classe avaient aussi perçu ces liens invisibles. À l'école, il ne serait jamais venu à l'esprit de quiconque de s'en moquer, leur amour imposait son silence aux railleries. Le côté solaire, le don de soi, et ce lien inextinguible entre eux faisaient taire les langues fourchues.

Le corps d'Ivan s'était aussi métamorphosé au contact de Léna. Lui, le malingre, et souffrant d'eczéma, avait vu ses muscles prendre de l'ampleur, et sa peau devenir lisse. Ses parents mirent cela sur le compte de la crème à base de plantes concoctée par son père, mais il suffisait de regarder la joie du garçon pour comprendre que son dévouement et sa générosité, entièrement tournés vers Léna, avaient comblé un manque et l'avaient fait grandir d'un coup.

Lorsque les enfants parlaient d'eux, ils accolaient les deux prénoms : « Léna et Ivan ont emprunté les nouvelles de Gogol, Léna et Ivan sont allés marcher en forêt, Léna et Ivan ont fait un exposé. » Ils semblaient ne faire qu'un. Étudiante, Léna apprendrait que dans *Le Banquet*, Platon appelle ce lien « le mythe de l'androgyne ». Un être double et d'une force incroyable fait d'un homme et d'une femme. Léna se souviendrait de ces instants où la nature veillait sur elle et Ivan, de leur force et de leurs rêves. Un pays de l'enfance auréolé de brume.

4

Au collège, rien ne changea. Les autres les appelaient « les inséparables ». Toujours à la même table, toujours la même réponse au même moment. Toutefois, Ivan se mit soudain en retrait de Léna : il s'effaçait derrière sa brillante camarade, et souvent il lui laissait, sans mot dire, prendre la meilleure place. Il aimait voir les yeux de son amie pétiller, quand elle recevait son bulletin mensuel de première de la classe. Elle rosissait de plaisir et deux petites fossettes se dessinaient, celle de gauche était la plus profonde. Ivan arrivait toujours en deuxième position. C'était son unique secret : la laisser avoir la première place, sans qu'elle le sache.

Cependant, depuis quelques mois, lorsqu'il l'embrassait sur la joue avant de monter sur le podium, il ressentait une nouvelle sensation. Les prémices d'un arc électrique dans le bas du ventre. Une émotion fugace qu'il ne savait pas encore interpréter. Bien souvent, il passait à autre chose : le sourire de sa belle sur la plus haute des marches effaçait ce nouvel émoi.

Un soir d'hiver, alors qu'Ivan et ses camarades passaient devant la vieille épicerie de Pripiat, un des garçons demanda si lui et Léna s'étaient déjà embrassés. Des questions de gosses de douze ans. La pudeur s'était effacée au profit de la curiosité. Ivan le toisa de son regard noir. Sa mâchoire contractée ne donna guère envie de se frotter à sa colère.

Néanmoins, ce garçon avait raison. Ivan l'avait défié, tout empli lui-même d'une agitation nouvelle. Il portait un nouveau regard sur son amie. Le vent dehors devenait plus sec et plus ombrageux, comme mû par un besoin animal. Les pulsions tiraillaient le corps d'Ivan. Il ressentait l'envie de sentir le cœur de son amie battre contre lui, de palper la chaleur de sa peau, voire de la posséder tout entière. Esprit et corps.

Habitué aux ébats des animaux de la ferme, des images lui apparurent ce soir-là. Sous la couverture, il se sentit coupable. Les lisières de l'enfance le ramenèrent quelques minutes, il y trouva refuge, puis il se laissa submerger par la fougue. Il s'endormit le front perlé d'une nouvelle sueur.

Le même soir, dans le canapé, Léna lisait *Les Âmes mortes* de Gogol. Au moment où Pavel Ivanovitch disait que rien n'égalait la solitude de l'homme s'il pouvait jouir de la nature et des beaux livres, elle entendit des bribes de conversation. Son père était encore au téléphone :

« … euromissiles… sommet de Genève… défaite. »

Léna referma son roman et se réfugia dans sa chambre. Elle y serait plus tranquille : elle ne comprenait rien aux affaires des grands.

Le lendemain, Léna retrouva Ivan dans leur cachette secrète. Les deux adolescents avaient délaissé le bac à sable, mais les clés vers l'autre monde brillaient toujours dans leurs paumes. Là était leur asile : une cabane à l'abri des regards. Derrière le buis, l'endroit était propice aux révélations et le temps n'avait plus prise, mais 1986 approchait.

Ce jour-là, ils discutèrent du nouveau roman étudié en littérature : *Les Âmes mortes* de Gogol. Leur professeur leur avait interdit de lire le livre seuls : il aimait renforcer leur attente face à l'intrigue et ne lisait que quelques extraits par semaine. Assise sur une souche, Léna émit des hypothèses :

« Serait-il possible que Tchitchikov soit un homme honnête ?

– Mais comment cela serait possible ? Tu es naïve, Léna. Il achète des morts pour faire fortune ! Tchitchikov est un homme fourbe, tout comme l'est Nozdriov. Leur transaction se joue autour d'un jeu de cartes, quand ils sont ivres. Gogol décrit ici la déchéance humaine. »

Léna fit la moue.

« Et dire que le professeur ne veut rien nous dévoiler avant le mois de juin. »

Le premier jour de l'an, Léna et Ivan s'étaient aussi retrouvés dans leur cabane. Les yeux et les mains nouées de liane invisible, ils avaient fêté la nouvelle année. Léna souriait de cette moustache qui assombrissait le haut de la bouche d'Ivan, tandis qu'il peinait à détourner son regard de la poitrine naissante de son amie. Il fouilla dans sa poche et sortit son nouveau canif, un cadeau de son père. Lentement, soufflant tout autour de lui de fines goulées d'air brumeuses, il grava sur un hêtre les initiales L + I, puis les entoura d'un cœur frontière. Chaque copeau d'écorce tombé sur les chaussures de Léna se mélangeait à la terre froide et formait un tapis naturel à cet amour naissant.

Quand Ivan se retourna, grandi par ce geste symbolique, son regard avait changé. De garçon, il était devenu homme : ses yeux brillaient du même éclat que ceux d'un malade fiévreux. Léna s'était blottie contre lui et avait posé sa tête. Le travail de la terre modelait les bras d'Ivan, Léna s'y sentait en sécurité. Contre lui, le temps n'était plus qu'une éternité portée par l'éphémère. Ivan déposa un baiser sur la pommette de la jeune fille. Il la dépassait de quelques centimètres, et son souffle auréolait les cheveux de Léna.

Ce jour-là, ce baiser fut accompagné d'autres, plus pressants : il cherchait ses lèvres. Ses mains passèrent maladroitement sous le manteau de son amie, un instant Ivan goûta sa peau chaude, mais Léna le repoussa. Elle murmura, comme pour se convaincre elle-même :

« Nous aurons bien le temps. »

L'incendie couvait en elle. Ivan avait à peine esquissé une moue, il s'était rangé à la volonté de Léna. Il retira ses mains, lui remit le pull et le manteau en place et l'embrassa sur le front. Au loin, la nature émit une plainte contenue : elle connaissait la faiblesse et la folie des hommes.

5

25 avril 1986

Lorsque ce soir-là, Yuriy, technicien à la Centrale, rentre du troquet, il croise Dimitri en bas de l'immeuble, puis rien ne se passe comme prévu. À peine la porte poussée, il est pris dans un maelström dont il ne connaît pas l'enjeu. Des cris, des portes claquées. Son épouse et Oksana sont en pleine dispute. Des hyènes qui auraient perdu leur proie. Il est question d'une soirée chez un ami de la jeune fille. Mais la mère tient bon.

« À seize ans, on ne sort pas la nuit ! Il s'en faudrait de peu pour que les voisins te traitent de fille facile, mon enfant. À ton âge, je restais à la maison ! »

Mais Oksana ne se laisse pas faire, elle pointe du doigt sa mère et la menace du haut de son âge tendre. Yuriy, comme à son habitude, ne dit rien. Les histoires de bonnes femmes l'ennuient. Il se sert un verre de vodka. S'assoit. Mais son repos est de courte durée. Ses femmes ne le laissent pas tranquille. Elles l'invectivent, elles tournent et forment un mur entre lui et ses pensées : elles veulent connaître son point de vue. Alors il coupe net. C'est un homme qui a besoin de souffler.

« Être tranquille, est-ce vraiment trop demander ? »

Le père a tranché. Et il termine son verre cul sec.

Un fracas sourd règne dans la maison. Seul le sourire de la mère se fraye une place dans ce huis clos. Elle pense qu'elle a eu le dernier mot.

Ce soir-là, un esprit malin est entré dans l'appartement. Il rampe jusqu'à la jeune fille et déclenche son hystérie, car les abysses souterrains ont décidé que le monde devait tourner autrement, et ils se servent des petites gens pour infléchir le cours de l'Histoire : par la main de cet homme, ou plutôt par sa défaillance, d'autres hommes mourront.

Un rictus métamorphose d'abord le bas du visage de l'adolescente, puis transforme par ricochet le haut. Les pupilles deviennent aussi fines que les meurtrières d'un château fort. Un regard reptilien se pose sur son père. Oksana est devenue l'allégorie de la Vengeance.

Avec la puissance de plusieurs hommes, elle se rue sur la table et projette tout ce qui est resté dessus. Les pommes de terre, les betteraves et les oignons tombent à terre et forment un tapis qu'elle écrase de ses talons de furie. Son père et sa mère se tiennent là, pétrifiés par cette colère. La fille métamorphosée ramasse cette boue informe et la jette contre les murs, et rien ne semble pouvoir l'arrêter. Elle hurle. La rage qu'elle contenait depuis des mois se déverse ce soir.

Pourtant, elle suspend soudain ses gestes. Le silence est fracassant. La crispation n'est plus, son visage reprend des traits humains. L'adolescente tombe de tout son poids dans sa mélasse. Une voix d'outre-tombe s'élève. Elle parle à son père. Ce sont ses dernières cartouches de fin de bataille. Elle le fixe et son regard porte toute la haine du monde.

« Tu es un mauvais père. Jamais présent pour moi, ni pour maman, d'ailleurs. Seras-tu un jour celui sur lequel je peux m'appuyer ? Tu n'es que le larbin de ta femme pour laquelle tu n'existes même plus. Seulement bon à tétonner ta bouteille de vodka. »

Et puis cette dernière phrase comme le point d'orgue d'une partition :

« Tu es le grand absent de ma vie. »

La force d'un regard déçu, d'une fille à son père, est plus puissante que quatre-vingt-dix bombes atomiques réunies. Sa petite fille n'existe plus, elle vient de muer en un être qu'il ne connaît pas. Son visage a perdu les pommettes de l'enfance. À ce moment, elle pose sur lui le regard d'une étrangère. Les secondes passent, le silence pèse. Puis, d'un pas lourd de statue grecque, la fille traverse la pièce et se réfugie dans sa chambre. La porte claquée résonne comme le glas. Sur le carrelage, la mélasse s'étend.

La femme pleure dans un coin, mais Yuriy ne la voit plus. Il ne voit plus personne. Il a devant ses yeux des nuées de mouches. Elles virevoltent et s'immiscent partout. Il ne peut les chasser, elles sont le fruit de son imagination mais elles ont envahi son cerveau. La vengeance a choisi ce soir-là les traits d'une jeune fille, une innocente. Le chaos est imminent, l'heure tourne. Dans la maison, Yuriy ramasse en silence les assiettes brisées.

6

C’est l’heure d’embaucher pour Yuriy. Cette semaine, il fait partie de l’équipe de nuit. Il monte dans sa voiture, et manque d’écraser le chien de la voisine, allongé derrière les roues. Il sait qu’il faut le déloger à chaque fois. Mais là, il a oublié. Le regard d’Oksana le rend inattentif, il lui embourbe le cerveau. Le poison envenime tous les vaisseaux un à un. Yuriy pleure au volant, il est de nouveau cet enfant de cinq ans qui a commis une grosse bêtise, sans trop savoir comment il en est arrivé là.

Au travail, ses collègues le trouvent étrange, mais chacun est préoccupé par sa propre vie, alors on le laisse s’installer à son poste. Ce soir, ils feront des tests. Yuriy suit les consignes machinalement. Il coupe l’alarme du système de refroidissement. Comme prévu, sa puissance décroît. L’aiguille baisse, continue sa descente, arrive à un point de non-retour. Yuriy doit intervenir, prévenir ses supérieurs, mais, perdu dans ses pensées, il ne perçoit pas le danger. Le réacteur n° 4 subit le même empoisonnement que la tête du technicien. La machine sent se répandre lentement le xénon dans sa carcasse. Elle tente de créer, comme ces mourants en soins palliatifs, un ultime sursaut de vie, et essaie de relancer la fission. En vain, l’aiguille ne bouge plus. Le froid paralyse ses membres. Elle ne peut rien faire : la machine n'est rien sans la main de l'homme. Celui-ci, véritable bélier aveuglé, continue le test. La machine, elle, clame sa détresse. L'alimentation en vapeur se coupe automatiquement, enclenchant la pression dans la turbine. Les circuits de refroidissement en eau se mettent en marche, mais un nouveau problème survient. Le débit baisse, de l'air s'infiltre et forme des bulles. L'eau ne fait plus son travail salvateur : le réacteur livré à lui-même est un enfant fiévreux à l'humeur tempétueuse.

L'alarme s'enclenche : on s'affaire, on veut apporter au réacteur l'aide qu'il réclame depuis une heure, mais il est trop tard : la machine n'entend plus ses techniciens. De l'hydrogène et de l'oxygène se mélangent, formant un cocktail atomique explosif. Le réacteur perd pied, et, après un dernier regard incompris vers ses techniciens, il ne tient plus et explose la dalle de béton qui l'entoure. Un feu d'artifice de 1 200 tonnes. Le fracas est assourdissant. Les lumières clignotent. La catastrophe a eu lieu. On court, on tourne, on hurle. Lorsque la dalle retombe sur le réacteur, son poids le brise de toutes parts et provoque un incendie cyclopéen. Le feu rampe partout, et l'œil unique du réacteur brûle comme celui de Polyphème en des temps immémoriaux. Une nouvelle Apocalypse sur terre. Les divinités vengeresses dans la forêt rient de leur nouvelle tourmente déclenchée.

Oksana, dans son lit, dort, innocente encore pour quelques heures.

7

26 avril 1986

Cette nuit, à 1 heure et 23 minutes, la première explosion a eu lieu au niveau du réacteur n° 4 de la centrale nucléaire Lénine de Tchernobyl. Le père de Léna a été appelé à 4 heures par les techniciens. Trois heures durant lesquelles personne n'a compris l'ampleur de la catastrophe. Dimitri est parti en trombe vers son bureau, enfilant au hasard de la nuit des vêtements posés sur le chevalet de sa chambre. D'autres hommes, appelés sur place, dans les couloirs de la Centrale, pour éteindre le feu, auront moins de chance. Ils périront quelques semaines plus tard. Ils seront devenus de véritables réacteurs vivants.

Natalia prend seule le petit déjeuner. Ce matin, ses yeux sont fanés. Elle a vu l'effroi dans le regard de Dimitri. Elle n'a pas réussi à se rendormir après son départ. Avec la grâce d'une épouse qui compte les minutes qui la séparent de son mari parti à la guerre, elle a posé son front contre le verre froid de la fenêtre de la cuisine, et a murmuré de vieilles litanies. Elle chante de sa voix d'alto le vide laissé par son homme. Au loin, elle entrevoit les flammes noires d'un incendie.

Lors du réveil de Léna, Natalia ne veut pas inquiéter sa fille. Alors, elle ajoute de la douceur. Elle a apposé un maquillage discret sur son visage, cachant la fatigue. La musique classique emplit l'espace de la salle à manger. Léna se réveille lentement au rythme des instruments à cordes pincées.

Le chocolat chaud embaume la pièce d'une langueur sucrée : seul le bruit des cuillères contre l'émail résonne en rythme. La jeune fille, comme à son habitude, fait rire sa maman : elle se lève, et imite le violoniste sur cette polka en tournoyant dans le salon. Du haut de ses treize ans, Léna retrouve dans ces instants enivrants ses hautes pommettes enfantines. Natalia grave ces instants de candeur, et attend le retour de son mari. L'une virevolte, tandis que l'autre se tient à la lisière du gouffre.

Dans la forêt, la nature souffre. Elle économise ses souffles : elle amasse ses dernières forces pour se battre contre la bêtise de l'homme. Les particules malignes, torrent de boue invisible à l'œil nu, se déversent. Les radiations sont là, elles ont la force d'une armée de l'ombre insidieuse : aucun radar militaire ne peut les détecter.

Elles recouvrent les arbres, les fleurs et les routes. Elles momifient la nature et l'ankylosent. Sous leur joug, la nature devient impotente. Elle ne sera bientôt plus qu'un squelette vide de ses viscères. Elle chancelle, elle voudrait trouver un refuge, mais chaque parcelle de vie s'ensevelit irrémédiablement sous une Parque qui coupe ses vaisseaux de sève un à un. Son agonie commence. À côté de cette parade, les trompettes de l'Apocalypse sont des flûtiaux aigrelets, et les Cavaliers de la Mort d'inoffensifs chevaux d'un manège pour enfants. C'en est fini pour elle, elle n'a plus qu'à ajuster avec dignité son masque funéraire. Les feuilles des arbres se teintent d'un rouge sombre et ploient sous le poids de la gravité, les rameaux se courbent comme des vieillards qui ont trop vécu.

À côté, dans les fermes avoisinantes, des bruits montent en cadence. Les vaches dans leurs enclos deviennent folles : elles meuglent, tournent et retournent la terre de leurs sabots, cherchent en vain une issue. Dans une poignée d'heures, des agents sanitaires viendront les achever d'un coup de fusil. Ils arroseront aussi les champs impies d'une salve de feu. Gomorrhe sur terre pour la seconde fois. Les bovins ne sont pas les seuls à être touchés. Les chiens hurlent à la mort, et ne cessent d'avertir leurs maîtres de la menace qui rôde. Mais les hommes sont sourds.

Dans l'appartement de Léna, le béton reste muet, les murs sont imperméables aux plaintes de la campagne. Quand son père revient, ses pas lourds dans le couloir annoncent la catastrophe. Il coupe la musique, le silence s'impose. Sa fille, qui lit dans le canapé, repose son livre :

« Mais, qu'y a-t-il, papa ? »

Les traits de son père se détendent. Il s'assoit près d'elle, le corps ramassé. Il lui raconte une histoire qu'elle ne comprend pas. Il y est question de départ, de valises. Son débit est rapide et trop enlevé pour être vrai :

« Nous allons retrouver nos cousins français. Des vacances improvisées ! Depuis le temps que ta mère veut aller voir la France ! Nous prendrons un bus jusqu'à Kiev puis un train pour Paris. Il est inutile, Lioussenka, de prendre quoi que ce soit. Ce sera plus drôle de ne rien emporter. De toute façon, en France, ils ont tout et même plus encore. Partons sans rien, à l'aventure !

Faisons comme Gogol, ce romancier que tu aimes tant ! Partons à Paris ! »

Léna pense que son père a perdu le sens de la réalité, comme le fonctionnaire Poprichtchine dans *Le Journal d'un fou*. Elle a un goût amer dans la bouche. Sa main gauche se replie sur le moelleux du canapé. Des peluches de coton roulent sous ses doigts.

« Et l'école ? Et mon cours de danse de cet après-midi ? »

La lumière devient soudain aveuglante, la jeune fille perd pied, la tête lui tourne. Jamais elle n'avait vu son père ainsi. Il sourit, mais son corps porte un costume de marbre : il possède vraiment les mêmes traits que Poprichtchine. Elle regarde sa mère et cherche un soutien, une brèche, fût-elle minime. Mais Natalia a les yeux baissés et tord le bas de son tablier.

Elle fixe son père : les questions se bousculent, mais rien n'y fait, Dimitri a le regard ailleurs. Avant de se lever, il passe une main dans ses cheveux et glisse derrière son oreille gauche une mèche échappée de ses tresses. Ses cheveux ont une odeur de pain grillé. La délicatesse de cet instant est rompue par le visage d'Ivan qui apparaît à Léna. Elle retient un cri. Elle doit le retrouver dans leur bosquet, comme à l'accoutumée. Elle sait qu'il sera là, c'est leur rituel du samedi.

Quand son père lui annonce qu'il doit parler à sa mère, Léna feint de retourner dans sa chambre, puis bifurque vers l'entrée. Tandis que ses parents discutent à voix basse dans la cuisine, elle perçoit quelques bribes avant de sortir.

« Déroute… débâcle… nature… radiation… famille… France… Paris… nouvelle vie. »

Léna, dos contre le mur, regarde le filet de lumière qui sort de la porte entrebâillée. Elle en a assez entendu.

Elle enfile ses bottes et son manteau puis sort sans bruit. Son cœur menace de sortir de sa poitrine. Léna manque une marche au deuxième étage, mais se rattrape de justesse au palier inférieur.

8

Face au déluge, Léna met sa capuche et plonge tête baissée vers ce parc qu'elle adore. Dehors, la nature est déchaînée. Le visage de son père défait, puis maintenant une pluie presque chaude : Léna a le souffle coupé. Elle court de plus belle.

Dans le centre de Pripiat, rien n'a encore changé. Les autorités n'ont prévenu personne. Moscou vient d'être mis au courant, mais rien ne filtre. Tout est sous contrôle. Deux mondes disjoints cohabitent déjà.

Léna ne regarde pas ses pieds et trébuche. Elle arrive bientôt au parc. Personne dehors, et toujours ce silence assourdissant. La lumière l'aveugle : Léna plisse les yeux et enfonce un peu plus ses mains dans les poches. Soudain, elle le voit : Ivan se tient devant elle. Ses cheveux dégoulinants, un sourire doux. Il écarte ses bras et l'accueille, la paume de sa main enveloppe son cou, mais Léna se défait de cette étreinte. Elle crie presque :

« Mon père est devenu fou, il veut que nous partions en France. Dès demain, sans rien emporter ! Avec ma mère, dans la cuisine, il parlait de "nature foutue" et "d'accident à la Centrale". Je ne comprends plus rien. Sais-tu ce qu'il se passe ? »

Ivan la coupe presque :

« De quoi parles-tu, Léna ? Un pays fichu ? Mon père m'a toujours appris que la nature était plus forte que tout. Elle est là depuis toujours, bien avant l'homme. Face à elle, nous ne sommes rien. Mon père connaît beaucoup de choses, et plus que quiconque sa terre. Mon père l'aurait vu ! Il me l'aurait dit ! C'est mon père, tu sais, cet homme qui passe ses journées dans la forêt. Ton père doit se tromper. Et puis, même s'il s'est passé quelque chose de grave à la Centrale, la nature reprendra ses droits, comme depuis la nuit des temps. À l'école, on ne cesse de nous parler de la guerre froide, ce doit être un coup de ces Américains… Non, ton père doit se tromper. Partir d'ici est idiot. »

Léna recule. Deux mondes s'opposent : la science contre la nature, encore une fois.

« Pourquoi je ne croirais pas mon père ? Il sait de quoi il parle ! Ton père, Ivan, ne fait que rester dans sa forêt, il n'en sort jamais, que sait-il vraiment du monde qui l'entoure ? »

Pour la première fois, ils se font face. Le silence qui point alors est une brèche qui ne fait que s'écarter à mesure que les secondes passent. L'incompréhension gagne les regards. Lorsqu'elle repensera à ce moment, Léna sentira un poids dans son ventre. Les dernières minutes teintées d'acrimonie. Ces minutes comme une vilaine cicatrice dont elle ne peut se séparer, une culpabilité sur ces instants qu'on voudrait n'avoir jamais vécus.

Autour d'eux, la nature pleure. Elle voudrait choyer ses petits, les porter en son sein, et leur faire retrouver le berceau originel. Elle pose sur Ivan un regard blême, épuisée par la ruine qui l'entoure. Ces êtres qu'elle a couvés et maternés seront désormais séparés. Elle à terre, eux debout, mais déjà des pantins déçus, propulsés dans l'âge adulte sans détour ni préparation. Elle ne peut que les regarder. Le ressort bandé lui éclate en pleine figure depuis quelques heures. Inlassablement, il se tend et se détend, la faisant ployer davantage minute après minute. À ce moment, Ivan brise le silence :

« Si tu pars en France, tu y resteras au moins un mois, car c'est un long voyage. Prends ce cadeau. J'allais te les offrir dans quelques jours, de toute façon. »

Il sort alors de sa poche droite deux petites figurines qu'il a sculptées. Il déplie doucement la paume nerveuse de Léna, puis replie ses doigts une fois ces pénates déposés. Le bois porte encore la chaleur de son corps d'homme. Léna, dans un geste en miroir, décroche son pendentif en ambre et remet cette pierre à son frère d'âme. Le collier de son arrière-grand-mère. Quand ils se prennent dans les bras, la sirène des pompiers annonce l'irréparable. Leur étreinte possède ce goût de cendres calcinées, mais elle est aussi gorgée d'une promesse.

Tout près d'eux, la nature gémit toujours.

« À tout bientôt, ma belle », chuchote-t-il, sûr de la supériorité du savoir pastoral sur la sorcellerie des ingénieurs.

9

Au mot « exil » s'accole le mot « valise ». Celle qu'on porte, qu'on traîne comme le plus précieux des biens. La valise est une maison miniature. La famille de Léna n'emportait rien. Ils se tenaient tous les quatre, la grand-mère, les parents et Léna, comme un seul homme, près du bus qui partirait vers Kiev dans quelques minutes.

Léna mit sa main dans sa poche, elle la referma sur un des boutons ronds de son lapin en peluche. En cachette, elle l'avait tout de même pris. À treize ans encore, à l'abri des regards, au moment de dormir, elle frottait ses lèvres contre les oreilles de l'animal. Dans sa poche, elle sentait la douceur de ce doudou.

Léna était déjà un corps orphelin. Autour d'elle, d'autres personnes partaient aussi. Le car était plein. Des badauds, attirés par la foule compacte, se pressaient autour. Les autorités n'avaient prévenu personne, les passants posaient des questions, d'autres restaient muets :

« Mais où partez-vous ? Est-ce un voyage organisé ? Quand revenez-vous ? »

Dans la foule, des camarades de classe que Léna oublierait bientôt. Dans sa tête, les questions affluaient, mais seul le martèlement de la pluie répondait en écho. Léna ne savait pas non plus ce qu'ils faisaient tous à côté du bus, elle attendait en silence un signal de son père pour monter dans le car. Cela sentait la sueur des matins pressés.

Ses autres départs en vacances et ses excursions dans la belle Odessa étaient loin. Elle repensait aux escaliers Potemkine qu'elle dévalait. Elle regarda le ciel couvert et se souvint de son dernier camp d'astronomie l'été dernier. Le ciel en ce jour était illisible. La France aussi était un pays inconnu, seulement entraperçu dans les manuels scolaires. L'Ouest lui faisait peur, elle avait lu que les Français mangeaient des escargots et des cuisses de grenouille, et elle s'en était effrayée.

L'inquiétude n'eut guère le temps de s'immiscer plus longtemps en elle, un souffle glacial la cueillit dans son dos, et la força presque à monter dans le car. Le moment était arrivé.

Elle prit place à côté de sa grand-mère, celle-ci ne semblait pas aller bien depuis ce matin. Elle se pencha vers elle, et l'embrassa sur la joue. Zenka sourit. Léna entendit alors, de l'autre côté de la travée, les reniflements d'un garçon. Sa mère regardait dans le vide. Les adultes n'étaient guère dans leur assiette aujourd'hui. Pourtant le petit, six ou sept ans tout au plus, ne cessait d'interroger sa mère. Il la pressait de questions, et tapotait sa main pour attirer son attention. En vain.

« Où est papa ? Il nous rejoindra plus tard ? Pourquoi on ne l'attend pas ? »

Léna profita de ce qu'il tourna la tête vers elle pour lui sourire. Le contact était noué. L'occasion de faire des grimaces, de pousser des rires, de se raconter des histoires, de chanter même. Léna lui fredonna une comptine apprise à l'école élémentaire. Sa voix s'éleva. Dans le bus, les adultes retinrent leur souffle face à cette lumineuse innocence, dernier bouclier de cette humanité décousue. Le trajet en bus aurait pu continuer tel quel si Léna n'avait pas eu le regard attiré par un mouvement à l'extérieur.

Elle reconnut le vélo rouge : elle était montée tant de fois sur son guidon pour parcourir le chemin jusqu'au conservatoire de danse. Appuyée contre le corps d'Ivan, elle s'amusait à lui bander les yeux de ses cheveux blonds. Il pestait pour la forme. Ivan mangeait quelques mèches au passage, avant de les relâcher d'un grand rire. Les fanions multicolores de chaque côté du guidon flottaient au vent. Léna sourit.

« Ivan. »

C'était bien lui qui pédalait à côté du bus. Elle lui fit alors de grands signes, accompagnée de l'enfant qu'elle avait pris sous son aile. Les deux riaient et lui faisaient chacun à leur tour des grimaces. Un concours s'organisa, c'était à celui qui ferait les plus drôles. Ivan, lui, pédalait comme un damné ; Léna riait aux éclats. Bientôt, dans un mois au plus, elle rentrerait de France et partagerait avec lui ce souvenir : là-bas, à Pripiat, dans leur cabane du parc.

Souvent, la dernière attention, un dernier geste ou regard, n'est pas prise au sérieux. On ne sait jamais quand elle arrive, personne n'y prend garde, l'instant glisse sur nous et s'échappe. Mais quand le dernier instant se fige, quand on sait qu'il portera le nom de « dernier », alors l'instant revient et perfore l'inconscient. *Si j'avais su…*

Léna se rappellera honteusement son état de liesse, ces quelques minutes à rire d'Ivan, de ses joues rougies par l'effort, du moulinet rapide de ses jambes pour suivre le bus. Un clown dont on se moque gentiment. Cette vision la hantera fréquemment, la nuit, quand le sommeil hésitera à lui fermer les yeux.

Bientôt son vélo s'éloigna du bus, Ivan ne fut plus qu'une tache rouge au milieu du vert de la forêt. Léna se rassit et continua d'amuser le petit. Dehors, la nature tentait d'envelopper de son mieux ce corps d'adulte en devenir, meurtri d'avoir trop pédalé et à bout de souffle. Pripiat et Ivan, seuls sur la proue d'un navire à l'agonie.

Pripiat, elle, ne serait évacuée officiellement que le surlendemain. Seuls quelques irréductibles, comme la famille d'Ivan, resteraient. Quarante mille âmes en perdition, un silence pandémique sur les routes. Une région vidée de ses habitants. Les gens arriveraient docilement sur la place publique, hébétés, parfois pétrifiés par ce qu'ils vivaient.

À la radio, ils avaient entendu l'urgence dans la voix du journaliste. Mais aucune raison n'avait été donnée. Ils attendraient, tel un champ de visages flétris. Sur le bas-côté de la route, des coquelicots rouge sang les borderaient. Plus loin, dans le centre-ville, la roue du parc d'attractions et les flonflons grinceraient de leur solitude nouvelle.

Très rapidement, la ville prendrait des couleurs guerrières : des chars, et un millier de cars sillonneraient les chemins déchus. Aucun autre véhicule n'aurait le droit de sortir. Ni voiture ni carriole. Il ne faudrait rien prendre. On expulserait à tour de bras, un mot d'ordre pour ce capharnaüm meurtrier s'étranglerait sur toutes les bouches :

« Évacuation ! »

Dans un rayon de trente kilomètres, tous les civils seraient refoulés ailleurs. Les exilés seraient de nouveau sur la route. Tous ces gens en déroute, les yeux effrayés par ce mal invisible. Il leur fallait abandonner tout ce qui hier constituait leur vie. Aucune photo, aucun vêtement, aucun objet. Tout serait brûlé ou laissé en l'état. Pillé par la suite. Le mal devait rester sur ses terres meurtries. Chaque personne plongerait dans l'inacceptable à pas mesurés. Un déracinement forcé sous les mitraillettes des militaires. Des cris, puis des pleurs, des haines lancées à la face de ceux qui les poussaient vers l'inconnu. Et toujours cette incompréhension au fond des yeux.

« Pourquoi partons-nous aussi rapidement ? Est-ce la Centrale ? Pourquoi ne nous dites-vous rien ? »

D'autres resteraient optimistes :

« Ce n'est l'affaire que de quelques jours, le Parti nous protège, et saura régler le problème. Ne nous préoccupons pas de ça, et vivons-le comme une nouvelle aventure à la gloire du communisme ! »

Les gens s'entasseraient dans les cars. Certains seraient séparés de leur famille et ne la retrouveraient que cinq ou six mois plus tard. Les plus vieux rouvraient une période historique qu'ils avaient feint d'oublier. Les bottes des militaires sont une musique dont on ne peut se débarrasser. En bouche, ce goût amer : ils ne pensaient pas devoir revivre l'exil.

Quelques téméraires décideraient de rester cachés dans cette forêt à l'agonie, et de crever sur leur terre, car cette amputation était inconcevable pour eux. Certains seraient débusqués par les militaires et renvoyés immédiatement dans un car. Ils devaient quitter la Zone. Les expulsés seraient relogés pour la plupart dans des appartements de fortune à la périphérie de Kiev. Pendant trois jours, sur les routes, des cars bondés d'exilés répondraient à la régularité métronomique des convois militaires. Les nettoyeurs, recouverts de protections hasardeuses, entreraient dans la ville contaminée comme ces soldats de première ligne que la guerre sacrifie et appelle vulgairement de la « chair à canon ». Une fois les villageois évacués, les militaires traqueraient les animaux domestiques et les tueraient tous. Les cadavres s'agglutineraient, bientôt dans la Zone régnerait le silence. Aucun oiseau ne le troublerait. Quand Ivan et sa famille prendraient le bus, son père passerait tout le trajet de l'exil le regard tourné en arrière. Sa foi en la nature ne le quitterait pas.

10

Le voyage de la famille de Léna prenait fin, le bus arrivait à Kiev. Ils n'eurent pas à chercher la voie du train, tout le monde se dirigeait vers elle. Ils montèrent dans un wagon et passèrent par des couloirs presque vides. De certains sièges s'élevaient les pleurs des enfants que les adultes n'arrivaient pas à apaiser. Leurs plaintes ressemblaient au hautbois dans *Pierre et le Loup*. De nombreuses heures de transport attendaient ces corps repliés. La plupart descendraient avant la frontière. Il était encore difficile d'aller à l'Ouest sans une bonne raison, ou un épais portefeuille.

L'installation fut rapide. La famille trouva un compartiment vide, et ils s'engouffrèrent tous à l'intérieur. Le père, Dimitri, avait sorti comme par magie un jeu de cartes, quelques feuilles blanches pour dessiner, mais aussi de quoi manger. Des plaisirs achetés en vitesse à la gare. Le père de Léna avait cette faculté d'entremêler le quotidien de merveilles. Il n'allait pas contredire sa nature dans l'exil.

Léna et lui entamèrent une bataille, elle le battit à chaque fois. Dimitri prit les traits d'un homme mauvais joueur. Ses grognements firent rire sa fille. Elle avait toujours eu une chance phénoménale au jeu, cela rendait son scientifique de père curieux, car sa réussite défiait les lois de la probabilité.

Ensuite, ils prirent le temps de manger même si le ventre était noué. Léna aima ce pique-nique improvisé : il avait le goût de l'aventure. Elle avait l'innocence de ses treize ans. Quelques graines de joie saupoudrées sur l'inéluctable. Dans ce compartiment, cela se comptait en tranches d'œufs durs accompagnées de malossols et de saucisse fumée. Quelques concombres à la crème et des cubes de betteraves. L'assiette était géométrique et colorée. La grand-mère Zenka prit soin de bénir ce repas puis de prier pour ce pays qu'elle quittait. Le roulis du train rythmait chacun des versets entonnés. Une sorte de chapelle ambulante dont le chœur aurait été cette famille.

C'est là, une fois que Kiev fut derrière eux, une fois que les champs de blé tissaient des tapis jaune flamboyant, c'est seulement à ce moment-là que Dimitri avoua à Léna :

« Nous ne reviendrons jamais. »

11

Léna ne comprit pas les paroles de son père. Le mot « jamais » ne faisait pas partie de son vocabulaire. La jeune fille connaissait l'éphémère, le présent et le rire. Elle crut à une mauvaise blague de la part de son père, mais sa bouche pincée disait le contraire.

Alors que le train continuait sa course, le temps s'arrêta pour Léna. Les bruits autour d'elle se multiplièrent, la lumière se fit crue. La trotteuse sur la montre de son père martelait chaque seconde, et les pleurs entêtants dans le compartiment d'à côté l'emplirent d'une rage contenue.

Elle repensa à son ami : « Ivan » et « jamais » formaient un couple impossible à concevoir. Leur dispute dans le bosquet, tandis que la pluie chaude s'infiltrait sous ses vêtements, lui revint en mémoire. La culpabilité monta en elle. Elle fourmilla dans ses doigts, ses pieds, et termina sa course dans son cœur, qui s'emballa. Elle devait retourner à Pripiat, c'était important. Le souffle court, elle se leva de son siège ; Zenka, perdue dans ses pensées, sursauta. Léna fut prise de vertiges, puis tout devint noir. De ce trajet, Léna ne garda que des bribes de souvenirs. Elle ne le comblerait jamais, ce trou de mémoire. Des gens montaient, d'autres descendaient au rythme des arrêts, les silhouettes se ressemblaient toutes.

Arriva cette sensation d'étouffement : le huis clos se mettait en place, et avec lui le ressort de la tragédie.

La grand-mère recueillit ce corps tombé. Avec la sagesse des personnes qui en ont déjà vu, elle cala doucement Léna contre elle. Sa main constellée de taches brunes navigua sur la soie des cheveux blonds de la jeune fille, et de sa voix grave, elle tissa une berceuse. Un chant ancestral qui invoquait les mânes oubliés.

Le paysage dehors était un lent carrousel. L'Ukraine fuyait son regard, le pays s'effilochait en lambeaux ternes et marronnasses. La vieille femme ne reconnaissait plus rien. Le train filait, et personne n'osait regarder en arrière. Ils avaient sans doute peur de s'arrêter en chemin. Sur le visage de Zenka, une larme unique se fraya dans la venelle d'une ride. Malgré l'évidence du départ pour suivre les siens, elle se détournait de ses repères. Elle quittait tout à soixante-dix ans passés et venait au monde pour la seconde fois. L'exil lui coupait un bras. Zenka abandonnait sans préparation son chez-soi, sa langue, et des amis déjà enterrés.

L'Ukraine était encore une fois au centre de l'histoire européenne. À chaque génération une nouvelle tare, une nouvelle mutilation apposée. Dans les années 1930, la famine appelée « Holodomor » avait laissé une population défaite, des millions de morts silencieux, puis était venu le démantèlement du pays au début de la Seconde Guerre mondiale. Sans parler non plus de la Ruthénie, désintégrée au XIVe siècle sous l'influence mongole. Il est des terres où des hommes sont plus enclins à voir le destin s'acharner. Perte de territoires, perte d'identité, peuple déchiré, nature bafouée, l'Ukraine se détricotait chaque saison. Dans ce train de l'exil, se tenaient plusieurs familles slaves : ils n'avaient jamais aussi bien porté leur nom d'esclaves, au corps cousu de cicatrices béantes.

Zenka pleura silencieusement sa terre meurtrie qu'elle délaissait à l'heure où les corps ne voyagent plus. À jamais une étrangère de son pays qu'elle quitte. Sa vie bien entamée devait trouver une embarcation sur laquelle se fixer. Il ne lui restait alors que cette femme en devenir, sa fragile Léna, calée tout contre elle : une ingénue aux bras encore blancs d'innocence. Elle, elle n'était plus qu'une Vénus de Milo aux bras arrachés. Sa petite-fille deviendrait sa proue, sa poupe et son ancre. Zenka se faisait l'effet d'une muse déchue au corps cubiste : tête à l'envers, regard en arrière, mais pieds en avant. D'épuisement, elle s'endormit elle aussi.

Au même moment, le destin fit rouler une pomme entre les jambes de Natalia. Le fruit était tombé non pas de l'arbre, mais du pique-nique improvisé peu de temps avant. Avec un sourire amusé, cette femme le ramassa. L'exil fit remonter un vieux souvenir, la douceur pénétra ce silencieux compartiment : le hasard apportait sur un plateau d'osier son sourire au cœur de la tourmente. Le fruit lui rappela sa rencontre avec Dimitri.

À cette époque, elle était encore étudiante, et travaillait sur les marchés chaque samedi. Elle se faisait un maigre pécule qu'elle déposait précieusement dans un trou de son vieux matelas à ressorts, à l'abri des regards. Elle ne vendait que des pommes, celles du jardin de son grand-père. Le bougre revendait tous les légumes de son potager, au grand dam de son épouse, obligée alors de racheter, de son côté, de quoi nourrir sa famille. Son mari n'avait guère le sens du commerce, à moins qu'il ne l'eût trop. Les voisines riaient quand elles la voyaient partir au marché en marmonnant.

Chaque samedi, Natalia aidait son grand-père. Les pommes se vendaient bien, à moins que les chalands ne vinssent pour ses yeux noirs que les biches d'Artémis auraient jalousés. Elle s'amusait à vendre de son plus joli sourire le fruit défendu. Après 13 heures, quand les clients se faisaient plus rares, elle avait le temps de regarder autour d'elle. Un matin d'octobre, le jour de la Saint-Denys, elle fut intriguée par un jeune homme qui regardait non pas ses pommes ou ses jolis yeux, mais par terre. Quel drôle de type c'était ! Elle le reconnut pourtant, elle l'avait croisé entre deux cours. Il était dans une classe supérieure. Mais sans son cartable, ses cahiers et ses lunettes, elle avait du mal à le reconnaître.

« Ne sommes-nous pas dans la même université ? »

Natalia ne s'embarrassait jamais des manières que toute jeune fille se doit de respecter. Une perte de temps inutile, mais cela lui avait valu le surnom d'impertinente voilà quelques années. Le jeune homme plissa des yeux en sa direction, mais ne dit pas un mot. Quel goujat ! Elle fit le tour de l'étal et se planta alors devant lui, elle lui ferait lever les yeux du sol.

« Je chasse les vers de terre. »

Un rire sonore éclata. Décidément, ce garçon était bien singulier.

Quelques années plus tard, de cette rencontre burlesque naquit Léna. Entre-temps, Natalia avait appris à quel point les vers de terre étaient un élément écologique indispensable à la nature ; elle-même se mit à les chasser, et à les remettre avec la précision d'une horlogère sur leur terre promise, lorsque ceux-ci s'aventuraient trop loin sur la chaussée, certains de mourir dans la journée, le corps desséché, les anneaux à l'air.

Natalia adorait raconter cette rencontre les soirs où des invités dînaient chez eux.

« Imaginez : un invertébré qui n'a rien demandé ! »

Et elle terminait toujours par cette phrase que son mari reprenait en chœur :

« Il est des hasards étranges. Jamais on n'a vu un amour induit par le plus insignifiant des animaux ! Quoi qu'il en soit, le ver n'est pas toujours dans la pomme, malgré ce que dit l'adage. »

Depuis lors, Natalia n'avait cessé d'admirer ce chevalier sauveur de vers de terre. Elle songea alors à la France qui lui ouvrirait bientôt les bras et croqua à pleines dents dans le fruit défendu qui avait roulé jusqu'à elle.

12

Un brouhaha s'éleva soudain dans le couloir. Deux hommes s'écharpaient. Ils n'étaient pas d'accord, et leur querelle emplissait l'espace déjà chargé d'électricité. Dimitri reconnut de loin Jan et Pavlo, deux grands gaillards de la Centrale. Leur châtiment était de se retrouver inlassablement dans les mêmes pièces. Au travail, on essayait de ne pas mettre ces deux titans ensemble.

Dimitri savait que leur discussion s'envenimerait rapidement. Chacun voulait avoir raison. Il était bien entendu question de l'avenir de leur pays. L'un était un fervent adorateur de l'Est, l'autre de l'Ouest. La guerre froide revisitée dans un train d'exil. La situation aurait pu être cocasse. Ils se chiffonnèrent comme des mégères, des coqs dans un poulailler auraient eu plus de tenue. Les joues rougeaudes, les veines gonflées, ils étaient loin de signer un armistice dans ce train. Dans le couloir, les gens s'éloignèrent de ces deux grossiers histrions. Le regard absent, le père de Léna les regardait de loin. À travers la vitre, les paysages filaient. Il imaginait les gros titres s'étaler sur tous les journaux : « Nuage radioactif, terre brûlée, corps malades, pays maudit. »

L'accident avait surpris tout le monde : le nucléaire ne frappe jamais où on l'attend. La catastrophe n'était pas venue de l'Ouest ou de la crise des euromissiles :

son centre était en Ukraine. Un accident civil à la place du militaire. Dimitri souffla. Son départ le rendait songeur. Il avait fait le choix de partir, mais des dommages collatéraux apparaissaient.

Il y a un mois, il avait pu sortir d'Ukraine. Il y avait eu un partenariat entre l'URSS et la France, car les deux pays entraient dans un timide projet de collaboration. Une première. Une autorisation exceptionnelle du Parti avait été donnée, et une délégation des meilleurs scientifiques de la Centrale avait pu se rendre en France. Durant une semaine, Dimitri avait noué des liens, le contact avait été simple, loin des préoccupations des chefs d'État. Il était rentré en Ukraine avec l'intention secrète d'en partir. L'Ouest lui tendait les bras. La nuit même de l'accident, son chef lui avait tendu trois visas tamponnés.

« Ne dis rien, accepte-les, et pars le plus rapidement possible. »

Dimitri les avait pris en silence et les avait dissimulés tant bien que mal dans la poche étroite de sa veste. Sa famille pouvait partir. Parfois, le hasard est étrange. Dans les couloirs du train, ce père de famille se projetait et imaginait la suite.

Un séjour bref chez les cousins de Natalia, le temps de se reposer. Il téléphonerait à son contact à Flamanville, puis ils partiraient dans la région de Cherbourg. Son contact lui avait parlé d'un nouveau poste. Une première unité de production avait été mise en service quatre mois auparavant, et un nouveau bloc verrait le jour en juillet. Tout semblait aller pour le mieux, mais Dimitri ne pouvait s'empêcher de culpabiliser d'avoir abandonné son équipe au moment le plus critique. Il était un capitaine qui avait quitté son navire.

Sa fille l'inquiétait aussi. Il lui avait imposé un déracinement. Il eût préféré qu'elle soit plus mature. Son intention de quitter l'Ukraine n'était qu'un projet fou, un rêve qu'on se plaît à forger à la fin de dîners arrosés. Mais jamais il n'aurait imposé un départ aussi précipité à sa fille. À treize ans, Léna était encore proche de l'enfance, et l'adulte qu'elle deviendrait n'était qu'une silhouette à l'horizon. Il avait mauvaise conscience. Il se tourna vers le compartiment et croisa les yeux de sa femme. Il y vit cette admiration qui ne l'avait jamais quittée. Leurs regards se donnèrent mutuellement le courage de continuer. D'un sourire, elle l'invita à finir sa pomme. Il s'approcha d'elle, le front toujours marqué d'un froncement de sourcils.

Kiev, Jytomyr, Ternopil, Lviv. Ils arrivaient bientôt à la frontière soviétique. La tension était palpable. Mais la douane les laissa étonnamment passer. Tarnów, Cracovie, Varsovie, Poznań, Francfort, les noms de villes se succédaient, les cœurs se détendaient un peu. Les uns se réveillaient, d'autres somnolaient. Bientôt, on ne compta plus les heures. Le train aurait pu parcourir la terre entière : personne n'aurait émis de plaintes. L'Ukraine était loin, chacun ruminait seul sa tristesse, ses regrets, ses remords. Les passagers ressemblaient à des pions tombés de leur échiquier.

Après Francfort, Dimitri emmena sa femme à l'extérieur du compartiment. Bientôt Berlin et sa démarcation. Un nuage noir annonça les complications à venir. Dimitri n'était pas à l'aise. Ses yeux avaient perdu leur assurance.

« Je dois t'avouer quelque chose. Je n'ai que trois visas en règle. Mon chef n'a pas pu m'en donner un autre. Je ne t'ai rien dit, car il nous fallait fuir au plus vite. Nous passerons la frontière vers l'Ouest aujourd'hui.

Les visas que j'ai obtenus nous permettent de passer sans encombre. Mais Zenka ? Les douaniers feront-ils une exception ? »

Le silence de sa femme emplissait le couloir. Derrière eux, la voix de Zenka retentit :

« Je descendrai à Berlin, mon voyage s'arrêtera là. Allemagne ou France, peu importe le pays pour moi. Je suis vieille déjà. »

Dimitri et Natalia n'ont pas le temps de répondre : des pas résonnent derrière eux. Le train vient de s'arrêter. La douane fait irruption dans le couloir, et demande de montrer les papiers. Dimitri, Natalia et Zenka entrent dans leur compartiment. À l'arrivée des douaniers, Léna dort, mais mue par un instinct animal, elle se réveille en sursaut. Sa grand-mère se tient tête basse, les mains jointes si fortement qu'elles ont perdu leur sang. Sa bouche murmure des paroles incompréhensibles. Léna regarde son père, mais ses yeux la fuient. Elle ne saisit pas les paroles des douaniers, elle n'a jamais appris l'allemand, mais elle les devine lorsque Zenka, les épaules basses, se lève de son siège.

Son poids, projeté sur la vieille femme, arrête net Zenka. Tout le monde retient son souffle. Un orbe de poussière entoure alors la jeune fille de son cercle protecteur. Léna pousse une plainte terrible, de son corps menu s'élève un cri rauque. Celui des héros qui ne s'avouent jamais vaincus. En arrière, ses parents, tel un chœur antique, émettent une plainte lascive. Dans un sanglot retenu, Léna murmure :

« Ivan, et maintenant ma grand-mère ? »

Elle lève la tête, et la candeur de ses yeux pétrifie les douaniers. Des larmes coulent sans retenue et tombent sur le sol dans un tumulte éclatant. Léna enlace sa grand-mère de toutes ses forces. Dimitri comprend : il n'a pas le droit de lui imposer un nouveau deuil, après celui de Pripiat. Un père se doit de conserver l'innocence de son enfant. Alors, après avoir regardé Natalia, il enjoint aux douaniers de le suivre dans le couloir. Quand il revient trente minutes plus tard, il est allégé de quelques milliers de roubles. Sur son visage se lit la fatigue des négociations. Les économies de toute une vie se sont volatilisées avec les rires gras des douaniers. Passer à l'Ouest est un sacrifice, mais Zenka reste avec eux. Dimitri ne connaît pas encore la suite, ni comment ils feront pour s'en sortir une fois arrivés en France, mais la frontière allemande est passée, l'Est est derrière eux.

La famille, toujours unie, s'assoit en silence : le père défait le col de sa chemise, prend un jeu de cartes, puis le mélange comme pour conjurer un sort. Vus d'en haut, ils forment une branche de quatre rameaux. La lumière du soir tombe sur Léna et métamorphose un instant ses cheveux en or.

13

3 mai 1986

Coucou Léna !

Cela fait une semaine que tu es partie. Ces sept jours ont été les plus longs de ma vie. Ça se bouscule encore dans ma tête, mais j'ai récupéré du papier et un stylo alors j'en profite pour t'écrire. Je ne pourrai pas t'envoyer cette lettre, car dans la précipitation, tu ne m'as pas donné ton adresse à Paris. Je la garderai jusqu'à ce que tu reviennes.

Après ton départ, je suis retourné chez moi. C'était étrange : les vaches meuglaient et fonçaient dans les barrières, Raspoutine aboyait comme un loup errant. Mon père les regardait en silence derrière la vitre.

J'ai vraiment mal dormi cette nuit-là, j'ai fait plein de rêves : je te cherchais partout, mais je ne te retrouvais pas. Le lendemain, le cauchemar a continué quand la police est arrivée et nous a dit de partir.

Dehors il pleuvait, mais il faisait très chaud. On a pensé que c'était l'incendie du réacteur qui détraquait la météo. Personne ne comprenait rien. Et puis, des hommes en combinaison jaune sont venus pour nous sortir de la maison. On est partis sans rien prendre. On s'affolait tous, les enfants et les adultes. Sur la route, on a entendu des coups de feu derrière nous. Ils tuaient les bêtes. Mais elles n'avaient rien fait ! Alors j'ai pris la main de Maroussia, et je ne l'ai plus lâchée.

Aujourd'hui, je suis dans un campement près de Kiev. Des médecins nous ont donné des cachets d'iode et on n'a plus le droit d'aller à Pripiat. On a peu d'informations. Mon père tourne en rond.

J'ai retrouvé quelques amis. Pavel a été séparé de sa famille, du coup, il vient dormir dans notre tente. Le soir, pour s'endormir, on se raconte des histoires.

J'embrasse ta fossette gauche.

Donne-moi vite de tes nouvelles, ou mieux, reviens.

Ivan

14

Le jour de son arrivée à Vauville, Léna abandonna ses parents. Depuis une semaine, rien n'avait de forme, le monde ruisselait sur elle. Encore sous le choc du départ, Léna resta éteinte, elle ne put prendre part à la joie de sa mère. Les retrouvailles avec ses cousins n'avaient pas eu lieu. Elle restait la plupart du temps dans un fauteuil en cuir défraîchi, le regard perdu dehors.

Le plus souvent, elle pensait à Ivan, à l'école, ou encore à son cours de danse. En France, elle ne connaissait rien. Grâce aux quelques mots appris en classe, elle comprenait des bribes de phrases, mais la communication restait un assemblage zébré de trous. Seul le bruit de la pluie la berçait de sa musique monotone. Les cousins la regardaient comme une bête fauve. Ils délaissèrent rapidement la cousine inaccessible pour se tourner vers leur oncle Dimitri. Sa moustache de cosaque les faisait rire quand elle frémissait sous sa voix de stentor. Il leur faisait toujours sa meilleure imitation : Lénine. Mais, à peine eurent-ils le temps de les apprivoiser un peu que la famille partit : Flamanville les attendait.

En Normandie, le bleu de la mer surprit et réveilla le corps de Léna. La tache saline pénétra sa rétine et vint s'y fixer de façon indélébile. Absorbée par de nouvelles images, elle en oublia un temps Ivan. Léna ne connaissait jusqu'alors que des villes modernes. Pripiat, ville artificielle, créée de toutes pièces pour les techniciens de la Centrale, n'était que blocs de béton rigides et malmenant l'horizon. L'architecture stalinienne n'admettait aucune fantaisie, comme des toiles de Mondrian. Ici, la côte était licencieuse et s'ouvrait à perte de vue, foisonnante.

Les embruns, le cri des mouettes et l'air iodé auraient pu surprendre Léna, son esprit s'ancra au contraire sur ces murets de granit qui portaient les stigmates d'un monde disparu. Leur rondeur et leur rugosité formaient des histoires que la Slave se plut à imaginer. Au loin, des hortensias roses achevaient la palette des couleurs.

La voiture s'arrêta, Léna ouvrit la portière comme on descelle la porte d'une geôle. Elle courut. Sa mère voulut la retenir, lui cria d'attendre. En vain. L'allégresse emportait Léna. Le vent jouait et s'emmêlait dans ses cheveux. Elle s'accroupit et effleura le lichen sur la roche. La pierre rassura l'adolescente.

Dans le pré adjacent, les vaches normandes relevèrent la tête, la nature dormante se vivifia, et accueillit, dans son foyer, la jeune exilée. Une goulée d'air surprit la jeune fille et la poussa un peu plus loin sur les hauteurs. Là, un monticule de granit apparut : des menhirs. Léna s'y sentit aspirée. Elle posa la main sur l'un d'eux, des inscriptions inconnues y figuraient. Au septième jour de son exil, elle sourit de nouveau. La pierre froide calma sa rage. Quelque chose ici la rassurait. Ce qui autrefois était un tombeau royal la berça de son chant. Le vent se précipitait par assauts dans les interstices, revenait, repartait et effectuait son ballet. Léna tourna machinalement la tête à droite pour regarder Ivan, mais seul un souffle septentrional lui répondit. Les pierres épongèrent ses larmes.

Chaque jour, Léna revint sur ces hauteurs. Elle puisait sa force dans les remous, elle plongeait la main lors de la marée descendante, elle touchait les algues douces, elle frottait sa paume contre les parois rugueuses des roches et elle suivait leur ondulation. Les embruns normands prirent, écume après écume, le relais des steppes ukrainiennes. La nature indomptée par l'homme apposa un pansement. La terre, les roches et l'eau salée firent une ronde autour de Léna et devinrent un berceau providentiel.

La beauté du lieu, le souffle marin, ces pierres qui bordaient les chemins et les routes, Léna consigna tous ces détails dans un cahier qu'elle lirait à Ivan. Elle finissait chaque page par un dessin au fusain. Elle n'avait pas renoncé. Malgré les paroles funestes de son père, elle continuait d'y croire.

La famille expatriée prenait ses marques. À table, Dimitri ne parlait que de son travail et des nouvelles occasions qui s'ouvraient à lui. Natalia, elle, préférait rester à la maison. Rapidement, elle apprit à connaître les voisines du quartier. L'une d'elles était aussi l'épouse d'un ingénieur de Flamanville. Elles devinrent très proches, et Natalia revenait chaque soir avec de nouvelles expressions françaises. La Normandie lui donnait un joli teint.

Une fois, à table, une seule fois, Léna interrogea son père.

« Quand allons-nous rentrer ? Tu parles de ton chef, des nouvelles missions au travail, maman parle de son amie française, de ses sorties, mais vous ne parlez plus jamais de Pripiat. Je voudrais retrouver Ivan, mon cours de danse, mes balades au parc. »

Natalia s'arrêta de manger, de la soupe s'échappa de la cuillère et vint s'échouer sur les rebords de l'assiette.

Dimitri prit sa serviette, s'essuya la bouche, puis calmement, en ukrainien, demanda à Zenka ce qu'elle avait fait dans la journée. Il n'eut aucun regard pour sa fille. Léna se leva brusquement de table, sa chaise se renversa et sa chute couvrit la réponse de la grand-mère. Le soir, après le dîner, la jeune fille attendit que ses parents éteignissent la lumière de leur chambre pour rallumer la sienne. Du tiroir de la table de chevet, elle sortit les deux santons sculptés par Ivan. Entre ses doigts, le bois lisse la rassura. Léna leur parla comme à des amis. Entre ses parents et elle s'érigea un mur, de ceux qui rendent les gens malheureux.

Le lendemain, pour clore définitivement cette conversation, Dimitri inscrivit Léna au collège. L'année touchait à sa fin, le chef d'établissement ne voyait pas l'intérêt d'intégrer l'adolescente dans une classe. Par chance, la bibliothécaire accepta de prendre Léna sous son aile.

15

Le premier jour, la nouvelle élève arriva après la cohue des classes. Elle passa sa tête dans l'embrasure de la porte :

« Puis-je entrer ? »

Léna tomba sur le sourire aux mille histoires de Mme Petitpas. Par certains côtés, elle lui rappela sa grand-mère. Mme Petitpas avait la délicatesse d'une souris. Chaque chose avait une place bien particulière. Elle aimait ses stylos rangés par taille et par couleur sur son bureau et elle avait soin de classer ses livres. Petite brune aux lunettes en écailles, la seule fantaisie qu'elle se permettait était les barrettes multicolores qui retenaient ses cheveux.

Elles s'assirent l'une en face de l'autre dans des fauteuils dégarnis, les yeux de l'une posés sur les lèvres de l'autre. Au-dessus d'elles, les spectres impatients des romans. Ils se bousculaient toujours, cherchant à passer devant l'autre, comme des enfants terribles qui ne grandiraient jamais. La bibliothécaire prit son temps. Elle prit un livre et détacha chacune des syllabes avec la lenteur d'un enfant qui cueille un trèfle à quatre feuilles. De son souffle s'échappèrent des mots ronds et simples. Ils caressaient l'oreille de Léna et apprivoisaient la Slave.

Léna revint tous les jours. Parfois, quand d'autres élèves arrivaient, les deux femmes effectuaient un ballet, l'une vers son bureau face à la porte, l'autre vers une table face à la mer. Un cahier attendait Léna : sans relâche, elle reprenait son travail calligraphique, ou notait des mots manquants dans un petit répertoire. Cet alphabet nouveau, dont elle aimait à Pripiat tracer les courbes et les déliés, était finalement assez retors. Un an de français au collège de Pripiat avec Marion, une jeune Française expatriée, ne lui donnait que peu d'assurance face à l'écriture cursive. Aussi, elle regardait ces lettres de loin, comme des bêtes issues de la préhistoire. Un peu barbares. Elles effectuaient autour d'elle une danse syncopée. Rapide. Stagnante. Rapide. Insaisissables. Un peu comme ces animaux sauvages qui ne savent pas s'ils doivent avancer ou fuir devant l'homme.

Léna les apprivoisa avec pugnacité. Mme Petitpas se servit d'une méthode alternative fondée sur le savoir empirique. Des lettres cartonnées, assez grandes pour que Léna les assemblât et les comparât. Elle s'inventait alors un langage, elle associait les lettres à un objet : le A avec sa tête de taureau renversée, ou le B, maison dodue à deux étages.

Rapidement, Léna put les tracer les yeux fermés. Mme Petitpas lui fit faire de grandes enjambées. Elle ajouta bientôt la grammaire. Plus enchevêtrée. Sans parler de la conjugaison. Léna s'accrocha. Tout début juillet, elle s'attaqua aux traductions des classiques russes. Elle connaissait déjà leur histoire, les lire serait plus aisé qu'un roman français. Mme Petitpas lui glissa entre les mains *Premier Amour* de Tourgueniev. Cette nouvelle : comment aurait-elle pu l'oublier ? Elle se souvenait de passages entiers en russe.

« Sentiments timides, douce mélodie, franchise et bonté d'une âme qui s'éprend, joie languide des premiers attendrissements de l'amour, où êtes-vous ? »

Léna aima la coïncidence, son cœur se pelotonna derrière l'histoire. La femme de lettres avait décelé chez Léna cette absence de l'autre, ce vide qui la tourmentait.

Puis Mme Petitpas la nourrit de classiques français. Des nouvelles et des contes pour commencer. Léna apprivoisa *Le Petit Prince*, trembla face à *Barbe bleue*, entendit les cigales de Pagnol. Les mots devinrent des tuteurs. Les deux langues s'affrontèrent un peu, puis elle n'entendit plus que le français, toujours sous l'égide des langues slaves, une cohorte de fantômes en retrait qui seraient là dans les moments de doute.

L'objectif de Léna était de suivre la classe de troisième dès septembre. Un défi qu'elle s'était fixé depuis qu'elle avait vu la moue sceptique du directeur lors de son inscription. Les matières scientifiques ne lui posaient aucun problème, car en URSS le programme était plus avancé qu'en France. Il lui restait à combler ses lacunes en histoire-géographie françaises. Durant l'été, elle ouvrit la trappe du grenier. Au milieu des rouleaux de laine de verre et des toiles d'araignées, elle découvrit une pile de magazines dédiés à l'histoire. Ce jour-là, elle resta l'après-midi dans le grenier. Le soir, elle sortit de son mutisme pour raconter une anecdote sur la France :

« Connaissez-vous les rogatons ? Jadis, à Paris, se vendaient des seaux de nourriture laissée par leur premier propriétaire. Certains hommes affamés se jetaient dessus et n'en faisaient eux qu'une bouchée. »

Les parents retrouvaient dans ces moments-là leur fille, fiers de sa curiosité pugnace. Le soir, pourtant,

Natalia faisait part de ses inquiétudes à son mari : hormis la bibliothécaire, Léna restait tout le temps seule.

Le matin, dans le bus qui la menait jusqu'au collège, elle se glissait comme une ombre à l'unique place libre. Les groupes étaient formés. Les rares échanges qu'elle arrivait à instaurer s'évanouissaient et ne faisaient que serpenter sans adhérer. Seul l'écho, sur le sentier des Douaniers, dialoguait avec elle. L'été arrivait, et, avec lui, des odeurs jusque-là inconnues. Elle s'y perdait, et rentrait de plus en plus tard chez ses parents. Sa grand-mère et sa mère pensaient qu'elle faisait connaissance avec les enfants du quartier. Mais Léna était muette de questions. Elle n'osait plus interroger son père sur l'Ukraine. Seule la télévision lui donnait les dernières nouvelles, guère réjouissantes. Elle scrutait en vain les rares images à la recherche d'Ivan, mais chaque fois elle éteignait la télé plus triste que jamais. Les images étaient alarmantes, et ses parents semblaient avoir tiré un trait sur leur passé.

Autour d'elle, il n'y avait que des adultes évanescents : son père était un mur, sa grand-mère pleurait et sa mère s'était occidentalisée : ses nouvelles amies l'appelaient Nathalie. Natalia faisait partie du passé. Un H s'était inséré, telle la hache qui fend la bûche, et le A prononcé bouche ouverte avait été remplacé par un E fantôme. Deux lettres pour tout changer. Leur vie d'avant était rayée de la carte, comme soufflée et enfouie sous des tonnes de catacombes irradiées.

En réalité, chacun portait de son côté ses valises bondées d'abîmes, sans partager sa peine. Par pudeur, ils calfeutraient leurs espoirs déchus. Léna resta seule avec ses pages blanches d'interrogation. Elle emplit ce vide par des histoires fantasmées où les images de la télé se superposaient aux horreurs qu'elle pouvait imaginer. Il lui fallait trouver une raison à cet exil, et à cette souffrance endurée.

L'été passa rapidement. Aux traductions d'œuvres russes, Léna ajouta des lectures françaises. Un soir, elle plongea dans *La Nuit des temps* de Barjavel : les pages noircies se recourbèrent pour la bercer. Elle s'identifia au personnage. Léna devint Eléa. Un amour au-delà de l'espace-temps ou d'une quelconque nécessité. Ce livre devint sa famille d'adoption, de celle qui console de l'incommensurable abandon.

Ses journées se déroulaient toujours de la même façon : ses pas la portaient sur le sentier des Douaniers le matin, tandis que le hamac balançait ses après-midi. En fin de journée seulement, quand le temps était assez clément, elle passait des heures les pieds dans l'eau.

Mais l'été ne dure qu'un temps. En septembre, elle déchanta. Elle ne comprit pas l'école française. Très tôt, les Soviétiques baignent dans le chaudron de l'excellence. Lever du drapeau, chants partisans, rigueur et classement. Marche ou crève. Toujours au-dessus des autres. Des athlètes du quotidien. Formés, déformés, ils gardent le cap même sans boussole. Pour inaugurer la journée, les jeunes Soviétiques s'asseyent et écoutent, mi-effrayés, mi-subjugués, les récits des maîtresses. Splendeur et démesure de la Russie éternelle, comme ce tsar qui, émerveillé par la beauté de sa cathédrale Saint-Basile-le-Bienheureux, creva les yeux de son architecte, Barma. Ivan le Terrible, ce souverain qui avait de son sceptre tué son propre enfant, n'était pas à une ignominie près. La tragédie était le chaudron des Slaves.

Léna compara les élèves français à de joyeux marcassins. Repus et gorgés. Presque las de cette corne d'abondance à leur disposition. Le 4 septembre, jour de la rentrée, les élèves portèrent un regard embarrassant sur Léna. Elle restait l'étrangère. Sa taille, ses vêtements, son allure, tout fut décortiqué. Elle resta de marbre face à eux, un sourire mystérieux passa sur ses lèvres.

Son père lui avait interdit de dire d'où elle venait, mais son nom, son accent, ses cheveux de blé ne laissaient aucun doute sur ses origines. Dimitri connaissait la faiblesse des hommes, leur peur face à la maladie et au nuage qui osa parcourir l'Europe de l'Ouest.

« Tu leur diras que tu viens de Kiev. De toute façon, personne ne connaît cette ville. Dis-leur que j'ai été promu. Plus c'est gros, plus le mensonge passe. Fais même claquer ta langue de fierté. On ne défie pas la supériorité. Personne ne verra que tu portes le masque de la duplicité. »

Effectivement, il avait raison. Un groupe de pimbêches vint la jauger à la récréation. La Slave était une menace pour elles. Un port de tête altier, des cheveux longs et blonds, il en fallait peu pour qu'elles se sentent menacées. Elles avaient surtout vu les garçons détailler Léna quand elle se tenait sur l'estrade lors de sa présentation à la classe, telle une Iphigénie prête à être sacrifiée. Toutefois, rassurées par sa candeur, elles regagnèrent leur coin dans la cour, là était leur QG pour fomenter des plans sur tel ou tel mâle encore imberbe.

L'autre minorité, les timides, vint la voir aussi. Léna partageait avec elles le monde universel de la lecture. Elles tournaient les pages comme on effeuille une pâquerette. Un peu, beaucoup, à la folie. Grâce aux livres, elles aimaient par procuration des garçons qui ne les voyaient pas dans la réalité. Léa de *La Bicyclette bleue* emportait tous les suffrages. Tristement, Léna regardait ces jeunes adolescentes vivre des minutes qui n'étaient pas les leurs. La Slave, elle, voulait de l'absolu, pas de la mièvrerie. Les promenades sur la côte reprirent de plus belle, comme un exutoire à une recherche d'idéal que ce monde d'Occidentales privilégiées ne pouvait lui donner.

L'automne arriva et avec lui une lecture de saison : *Les Hauts de Hurle-Vent.* Léna connut son premier coup de cœur. Une terre désolée qui répondait à sa nouvelle terre sauvage : Léna avait face à elle la même lande jaune et le même océan de vagues blanches. Si elle n'osait pas se l'avouer vraiment, cette lecture la ramenait par procuration à Pripiat. Ou plutôt vers Ivan. Le lien fort, mais impossible, entre Cathy et Heathcliff la fit voyager quelques milliers de kilomètres plus loin. Eux aussi avaient dû subir cette société malgré leur gémellité. Elle y trouva paradoxalement un réconfort. Ivan et elle n'étaient plus les seuls à avoir vécu un déchirement. Le roman répondait à des questions laissées en suspens, une brèche s'ouvrait. Les livres n'étaient pas seulement des outils pour apprendre le français ou pour s'évader : ils comblaient cette absence qui la dévorait et étaient un pont de papier entre les rives de ses deux vies. La lueur d'une bougie blèche au fond d'une caverne.

16

Ivan. Elle avait envoyé une lettre peu après son arrivée. Sa plume avait tracé chaque mot comme un pont tendu vers son ami. Les mots débordaient, il fallait les endiguer, les tenir pour éviter qu'ils ne s'échappent. Elle lui raconta tout. Ses journées, son océan, la nature normande qu'il aurait adorée. Son ardeur d'écrire cessa à la quinzième feuille. Elle envoya la lourde enveloppe à l'ancienne adresse de son ami. La poste trouverait-elle le bon chemin ? Cette mélasse de mots noirs ne fut qu'un stérile palliatif à la distance. Bientôt, cet espoir de Pandore, le dernier recours pour l'adolescente, prit une nouvelle ampleur. Léna attendait un retour, et son supplice commença. Chaque jour, elle espérait trouver une réponse. Elle ouvrait cette boîte aux lettres, caisse de résonance de ses abîmes. Il lui semblait chaque jour tomber de cette falaise en haut de laquelle on jetait les condamnés à mort, comme l'avait raconté son professeur de français. Ivan ne répondait pas.

Un soir, en sortant du collège, elle courut se réfugier à l'abri des menhirs. Seule, face à l'océan, elle cria dans ses ruines. Elle revint avec un cœur funambule : l'absence piétinait la peine et l'espoir réunis. Son père la retrouva en pleurs devant la boîte aux lettres vide. Il porta le coup de grâce :

« N'espère plus. Désormais, ta vie est ici. »

Léna ne dormit pas de la nuit. Elle resta assise face à la fenêtre. Bientôt, le ciel se chargea de répandre des sanglots que la Slave n'arrivait plus à verser. Les ombres portaient un deuil inacceptable. Le jour se leva, Léna aurait pu se métamorphoser en statue de sel devant cette fenêtre, mais une main la fit sursauter.

« Il est temps, ma Lioussenka, viens avec moi. »

Il n'y avait plus que Zenka qui parlait ukrainien à la maison. Ce jour-là, sa grand-mère lui fit découvrir le Jardin botanique de Vauville. Il l'arracha aux crochets de fer qui la retenaient. Quand elle y entra, un labyrinthe de verdure happa Léna. Ses yeux tombèrent sur des arbres subtropicaux, elle était à la fois chez elle et ailleurs. Les haies protégeaient les plantations délicates, mais aussi les visiteurs. Un camaïeu de gris au flamboyant vert ravit ses yeux de néophyte. Elle ne connaissait pas le nom de toutes ces plantes, mais elle pouvait reconnaître l'odeur de chacune.

Elle y revint autant qu'elle put. Elle se posait, à l'ombre d'une plante que le gardien du jardin appelait « rhubarbe géante ». Elle imaginait alors avoir bu un peu trop de cette potion qui faisait rapetisser Alice. Là-bas, dans l'écrin de ce jardin, elle oubliait le silence de ses parents. Le jardin de terre ensevelissait la souffrance de son âme renversée par l'exil. Le frémissement des feuilles, le cache-cache avec le soleil, les troupes de fourmis en colonne, toute la nature entourait Léna de son terreau florissant. Le monde pouvait accueillir dans ses bras la jeune fille solitaire. Ici aussi se vivaient des drames, des cataclysmes, dans l'indifférence générale des visiteurs : des fourmilières écrasées, des essaims décimés, des vies fauchées par les toiles d'araignées.

Léna alterna les balades sur le sentier des Douaniers et ses visites au Jardin botanique. Chaque matin, elle remerciait Zenka d'un baiser sur ses mains tachetées de brun. Les jours passaient, le fantôme d'Ivan s'étiolait.

17

1er juillet 1986

Coucou Léna !

Hier soir, nous avons fêté la fin de l'année scolaire. Tu m'avais dit que tu reviendrais, mais là, ça fait plus d'un mois. Tu me manques. Alors je t'écris. Tu te souviens des autres fins d'année ? Nous allions toujours nous balader au parc. Nous nous allongions, sous notre arbre. C'est là-bas que je t'ai embrassée pour la dernière fois.

Tu te souviens aussi du cœur que j'avais gravé ? Le cœur est encore visible, tu crois ?

Et toi ? Comment as-tu terminé ton année ? Es-tu toujours chez tes cousins ?

Ma mère me dit que tu ne reviendras pas. Mais je ne la crois pas. Elle ne te connaît pas. Je suis certain que tu fais tout pour revenir. Tu réussiras à convaincre ton père. C'est toi la plus forte !

Maroussia me fait de la peine, elle a perdu l'appétit, et la fatigue lui fait des marques violettes sous les yeux. Elle a arrêté de poser des questions aux parents. Personne n'a de réponse de toute façon, mais certaines rumeurs disent que c'est vraiment grave. Il paraît que ceux qui sont allés éteindre l'incendie sont morts ou très malades. Qu'est-ce qu'il y avait dans ce feu ? Personne n'a rien vu.

On est toujours dans le camp près de Kiev, on attend d'être relogés. J'ai pris quelques habitudes ici, je me suis fait de nouveaux amis, mais on ne sort pas dans le village. Les gens ont peur de nous, ils nous regardent bizarrement et ils ne veulent pas que leurs enfants jouent avec ceux du camp. Alors, on préfère rester entre nous.

Chaque semaine, des médecins nous auscultent et nous demandent de prendre des vitamines et de boire beaucoup de lait. Ils semblent inquiets et ne cessent de nous faire des prises de sang. J'ai le bras plein de bleus, à force. Que cherchent-ils ? Je vais bien !

Je t'embrasse, ma Léna, sur ta fossette droite cette fois-ci.

Reviens vite, fais mentir ma mère qui ne croit déjà plus en toi : écris-moi !

Ivan

18

Au collège, la situation ne s'arrangea pas pour Léna. La scission avec les élèves de son âge atteignit son acmé avec l'arrivée de Gordon. Un Américain. Quand le professeur principal annonça à la classe la venue d'un élève étranger, juste avant les vacances de Noël, Léna se réjouit. Elle allait partager avec lui l'exil, la perte des siens, de sa culture, de son pays. Il ne pouvait que la comprendre. Elle se voyait déjà devenir son amie. La veille, Léna ne dormit pas. Son esprit en ébullition était excité à l'idée de le rencontrer. Le matin, elle se fit moineau et ne mangea rien. Elle mit un soin tout particulier à choisir sa tenue et se fit, par mimétisme occidental, une queue-de-cheval. Sa mère rosit de plaisir : sa fille voulait enfin s'intégrer.

Arrivée au collège, Léna déchanta brusquement. Ils étaient en cours de sciences quand le directeur entra dans la salle, suivi de Gordon. Léna n'entendit pas le discours. Gordon toisait tout le monde. Dans l'embrasure de la porte, il portait toujours sa casquette vissée sur la tête. La fin des paroles du principal fut ponctuée par l'éclatement d'une bulle de chewing-gum. Elle résonna dans la classe. Gordon eut un rictus. L'hypocrisie avait un nom, et il commençait par un G. C'était donc lui l'Américain. Une moue se dessina sur les lèvres de

Léna. Elle défit l'élastique qui retenait ses cheveux avec l'envie de le lancer sur le nouveau venu.

Très vite, Gordon fut intégré dans la classe. Les garçons admiraient la carrure du *baseballer* et ses quelques poils de moustache, les filles se pâmaient devant son exotisme, quant aux professeurs, ils le prenaient toujours en exemple. Entre Léna et Gordon, une guerre froide à la sauce normande éclata. Deux idéaux qui se jaugeaient et voulaient dépasser l'autre.

« Quelle est la capitale du Congo ? »

« En quelle année Marivaux a-t-il écrit *Le Jeu de l'amour et du hasard* ? »

« Quelle est la longueur de l'hypoténuse ? »

Gordon et Léna comptaient les points. À chaque cours, Léna traçait des petits bâtons sur sa feuille. C'était à celui qui dépasserait l'autre. Dans la classe, aux R roulés de Léna répondaient en écho opposé la voix nasale et l'accent élastique de Gordon. Chaque point gagné sur l'autre comme une avancée géopolitique. Ils étaient comme deux entités, l'un avec une nonchalance propre à la supériorité induite, l'autre avec la rage de l'infériorité. L'un avait tout à gagner, l'autre rien à perdre. En 3e B, se rejouait le match d'échecs de Fischer contre Spassky. Dès qu'elle répondait juste, Léna avait ce petit sourire satisfait. Cela faisait enrager Gordon. Elle regardait toujours son air pincé, en signe de défi. La quête d'amour envers une patrie devint une lutte identitaire. Léna se surpassa, elle retrouva ce qui faisait d'elle la première à Pripiat. À ce moment-là, elle grandit aussi d'un coup : quatorze centimètres en une année. Cela inquiéta ses parents. « N'est-ce pas une conséquence de Tchernobyl, docteur ? »

La question embêta le médecin de famille. Bien plus habitué aux laryngites qu'aux séquelles des radiations, il prescrivit une batterie de tests. Prise de sang, radio des tibias et des hanches, questions sur son alimentation. Bientôt, le médecin les rassura. Léna était une fille normale. Elle avait seulement une poussée de croissance. Dimitri et Nathalie purent retourner à leurs occupations exutoires. Les chiffres pour l'un, le tapis de gym pour l'autre. Léna resta seule avec ses quatorze nouveaux centimètres.

Elle continua de parfaire son niveau scolaire. Les résultats le montraient : elle avait réussi. Elle en parla un soir à Mme Petitpas, qu'elle croisa à l'hypermarché du coin : « C'est assez étrange, madame, car je n'avais que ce défi en tête : dépasser l'Américain, moi la Soviétique. Mais quand le bulletin démontra que j'étais la première, je n'avais depuis longtemps plus aucune rancœur envers Gordon.

– Ton Américain est comme le lièvre dans la fable. Essoufflé, et loin derrière. Ne t'en préoccupe pas, et continue d'avancer. »

Les adultes avaient décidément tous la même idée, pensa Léna. Avancer, ne jamais regarder en arrière.

Léna restait tout de même une adolescente : les conversations au sujet de Gordon l'agaçaient toujours. À la cantine, il n'était question que de lui. Toutes les filles de la classe roucoulaient. Sa coupe, ses habits, ses mots : tout était décortiqué à la pince à épiler. Marie était la pire. Elle le mentionnait toujours en roulant des yeux, et en tortillant ses cheveux bruns. Un jour, à la cantine, alors qu'elle en parlait en tenant son verre de la main droite, Léna trouva qu'elle ressemblait à cette actrice alcoolique de la série *Dallas* que sa grand-mère regardait en début d'après-midi. Elle sourit, tout en continuant de découper sa pomme en menus quartiers.

« Big Apple », comme elle surnommait Gordon, n'avait qu'à bien se tenir.

Un soir, Marie frappa à la porte de la maison de Léna. Le rouge aux joues, elle avait couru et manquait de s'essouffler. Il était rare qu'elle vienne jusque chez Léna, elles se voyaient surtout au collège, jamais en dehors. Léna s'inquiéta. Marie était une Walkyrie à elle toute seule. Mais sa chevauchée n'avait rien de fantastique.

« Que t'arrive-t-il ? Je peux t'aider ?

– Tu ne vas pas me croire, tu ne vas pas me croire, c'est trop bien.

– Mais quoi donc ?

– Gordon m'a embrassée. »

Léna fit semblant de s'émouvoir pour sa camarade.

« Oh, mais raconte-moi ça en détail dans ma chambre ! »

Quand, le lendemain, elle les croisa dans les couloirs – lui, la langue plantée dans la bouche de son amie –, elle se surprit à les jalouser et à détourner la tête. En miroir, le visage d'Ivan se superposa sur celui de Gordon. Elle chassa cette image de la main. Au fond d'elle, elle en voulait surtout à ses parents de lui avoir volé son adolescence.

19

26 avril 1987

Ma Léna,

Il y a un an, tu partais. Triste anniversaire. Je ne sais toujours pas où t'envoyer mes lettres, mais je les garde précieusement, car elles comblent dérisoirement ton absence. Je sais qu'un jour tu les liras.

Si je m'écoutais, je t'écrirais tous les jours, mais ma mère me l'a interdit. Elle a peur que je reste trop attaché à ton souvenir. Elle m'a fait promettre d'en écrire une par an seulement. Le 26 avril me paraît une date parfaite.

J'ai passé mon premier Noël sans ton sourire. Je n'arrive plus à me souvenir du son de ta voix. Pourtant, tout me rappelle à toi. Pour le retour des beaux jours, la ville de Kiev a organisé une séance de cinéma en plein air hier soir, à la périphérie de la ville.

Ah mais oui, je suis bête ! Je ne t'ai pas dit encore : nous sommes partis du camp, et l'État nous a relogés dans un appartement de la banlieue de Kiev, juste avant la Toussaint. Cela devenait compliqué avec le froid. Mon père, lui, aurait aimé rester dans ce camp. Il ne se fait pas du tout à l'appartement. Il boit tous les soirs, et quand nous sommes couchés, Maroussia et moi, nous entendons, à travers les murs fins de l'appartement, les disputes de nos parents. Sa forêt lui manque. En ville, il peine à retrouver du travail. Je ne le vois pas du tout enfermé dans un bureau toute la journée ! En revanche, Maroussia s'est fait une nouvelle amie, elles s'entendent très bien toutes les deux. Quand je les vois rire ensemble, je pense à nous.

Hier soir, donc, nous sommes allés voir ce film que tu aimes tant : *L'Homme invisible* d'Aleksandr Zakharov. Le revoir m'a fait plaisir, car j'avais de nouveau l'impression que tu étais là. Tu te souviens ? Nous avions appris des répliques entières du film ! Mais ensuite, ton absence a été plus forte que les autres soirs. J'ai eu du mal à m'endormir. Je voulais te poser plein de questions.

Ici, tout est à recommencer. Quand les voisins apprennent d'où nous venons, ils changent de tête et deviennent distants. Ma mère dit que cela lui rappelle ses cours d'histoire, lorsque le professeur parlait de la peste au Moyen Âge. Nous n'avons aucun signe extérieur de maladie, aucun bouton, et pourtant, les autres ont peur. On les entend chuchoter derrière nous. Ça me met en colère. On nous rend honteux d'avoir survécu.

Elle m'a aussi parlé d'une citation latine : *« Cito, longe, tarde. CLT. »* Tu sais ce qu'elle veut dire ? « Vite, loin, tard. » En gros, « fuis vite, loin, et reviens tard ». J'y ai vu comme un signe. Toi aussi, tu es partie vite, loin. J'espère seulement que tu ne reviendras pas trop tard. Tu vois, tout me rappelle à toi, même la peste.

Sinon, j'ai repris l'école, mais je reste avec ceux qui sont venus de Pripiat ou des alentours. Pavel a retrouvé sa mère, nous ne sommes plus dans la même école, il habite dans un autre quartier de Kiev. Nous nous retrouvons tous les samedis. C'est mon seul véritable ami.

Son père a eu moins de chance que le mien. Il est mort deux mois après notre expulsion de la zone contaminée. Sa mère lui a expliqué que c'était un héros de la Nation, que grâce à lui nous étions encore vivants. Son état s'est dégradé ensuite. Sa mère allait le voir tous les jours à l'hôpital de Kiev, mais son corps l'a vite lâché. Sa peau se détachait en lambeaux, il hurlait de douleur, même la morphine ne lui faisait plus aucun effet. Sa mort a été une délivrance. La mère de Pavel pleure chaque soir sur la médaille que l'État lui a donnée.

La journée, à l'école, je reste souvent seul. De toute façon, personne ne vient vers moi. Je me concentre sur les leçons des professeurs, puis j'imagine que tu es toujours à mes côtés. Ma mère me dit de ne plus espérer, de ne plus penser à toi, mais cela me fait du bien.

Reviens vite, ma Léna. Je t'embrasse.

Ivan

N.B. : Je mettrai cette lettre avec les autres, dans une boîte que tu auras à ton retour.

20

Le dernier jour de juin arriva, et, avec lui, les derniers saluts. Une nouvelle fois, une époque s'achevait. À la rentrée, Léna irait au lycée. Elle retourna voir Mme Petitpas : elle avait gardé pour elle cette fraîcheur des grandes amitiés. La pudeur les empêcha de parler, mais leurs yeux brillaient d'un même éclat. Au moment de partir, la bibliothécaire la retint et glissa un livre entre ses mains. D'un air entendu, comme si cet objet venait d'une contrebande quelconque, elle lui fit un clin d'œil humide :

« Voilà de quoi te faire comprendre certains faits ici-bas. Reviens me voir quand tu veux : tu seras toujours chez toi ici. »

« Chez elle. » Ces mots résonnaient étrangement. Léna n'avait jamais posé ses valises, elle se sentait toujours étrangère en France. Elle avait travaillé, parlé et lu en français, mais ses pensées et ses rêves se faisaient toujours dans sa langue natale. La brèche était encore très proche. Une simple pirouette en arrière la ferait retomber. Léna lui rendit son sourire et balaya ses questions d'un petit rire, et elle se concentra sur ce fameux livre. Elle lut sur la couverture : *Contes et légendes du Cotentin.*

Dans le couloir du collège, en écho au titre, Léna pensa au rituel du soir qu'elle adorait. Depuis quelques mois, à la bougie, sa grand-mère et elle s'allongeaient sur la couverture du lit. L'heure du conte était revenue, comme un reste d'enfance, il était le dernier cordon entre deux âges et deux pays. Zenka lui parlait en ukrainien : dans ces moments-là, Léna retrouvait des teintes coquelicot sur ses joues. Face à face, elles se tenaient les mains. Leurs ombres agrandies par la lueur de la bougie rendaient ces deux femmes géantes.

Quand Léna arriva chez ses parents, cinq minutes lui suffirent pour dévorer son goûter. Son hamac lui tendait les bras, la mer face à elle. Le ressac, les hortensias gris ardoise, le soleil pâle. Tout était propice à la lecture. Elle ouvrit immédiatement le livre de Mme Petitpas et découvrit alors qui était la demoiselle de Gruchy.

Celle-ci vivait près de Gréville, dans un hameau entouré de hêtres à faire pâlir Giono de jalousie. Léna était passée devant de nombreuses fois et elle se rappelait cette brume particulière qui dansait sur les bords de ce village.

Le livre parlait d'une maison à un étage sur laquelle grimpaient des clématites et du jasmin odorants. La demoiselle était belle, mais surtout magicienne, et elle appréciait avant tout les plaisirs de la chair. Un jeune homme pour quelques nuits. La timide Léna rosit de plaisir. Dans son hamac, elle murmura : « Quelle étrange lecture m'a donnée Mme Petitpas ! »

Mais elle poursuivit sa lecture. L'ennui prenait ensuite la belle dame, elle traînait ses guêtres ailleurs. Mais ses amants devaient se méfier, car la demoiselle était aussi belle qu'habile à la dague. Aussi, dès qu'un amoureux lui faisait front ou prenait la fuite, elle l'éviscérait et faisait sécher ses boyaux sur une corde à linge détendue.

De loin, les passants ignorants pensaient à de grands bas de soie que la demoiselle étendait. Léna était à la fois effrayée et séduite : ainsi la région abritait-elle, elle aussi, mille et une histoires, et cette demoiselle était la preuve que les mythes antiques se renouvelaient à chaque âge. Mademoiselle de Gruchy était une Circée des temps modernes, et la littérature fixait la permanence des êtres.

Le soir, elle raconta tout à sa grand-mère, en omettant quelques passages. Zenka eut un petit rire :

« Les guerres éloignent les peuples, les légendes les rassemblent. Il existait aussi une mademoiselle de Gruchy dans les steppes ukrainiennes, même si elle ne portait pas le même nom. Deux régions du globe bien distinctes, mais une seule âme de conteur. »

Le lendemain, Léna courut à la bibliothèque municipale et chercha d'autres folklores normands. Elle emprunta Barbey d'Aurevilly. Elle apprit ce qu'était une milloraine, cette grande fée qui vit dans les arbres, à la manière des nymphes.

Le pays de Caux, avec ses marécages, regorgeait de légendes cruelles. Ses légendes permirent à Léna de s'approprier son nouveau pays. Plus elle lisait, plus elle devenait française. Les balades de Léna prirent une nouvelle saveur. Brique après brique, elle se construisit un refuge fait de légendes et de monstres pérennes. Ils étaient pour elle l'aiguille magnétisée de la boussole.

Toutefois, cette plongée dans les livres ne fit qu'agrandir le décalage entre les adolescents et Léna. Sa mère s'inquiétait, même si elle ne laissait rien paraître. Certains soirs, elle fixait Léna qui lisait chaque soir un nouveau roman, tranquillement allongée sur le canapé. Rien ne pouvait faire sortir la jeune fille de cet univers.

Quelques taches rouges dans le cou trahissaient l'appréhension de la maman.

Début juillet, les résultats tombèrent : Léna obtint le brevet avec les félicitations du jury. La fierté emplissait les pleurs de Zenka. La vieille femme se signa, et s'approcha de sa petite-fille. De son index, elle apposa un signe de croix et dit quelques paroles en ukrainien. Ses yeux brillaient d'un étrange éclat, Léna retint sa respiration :

« Ma merveille, n'oublie pas d'où tu viens. »

Ceinte de ce signe et de ces paroles apotropaïques, Léna grandit d'un coup. Elle s'achemina vers une nouvelle voie, faite de symboles, de légendes et de fables. Bercée par les histoires ukrainiennes, la jeune fille continua sa route vers les mythes normands. Les ponts se tissaient entre les âges et les pays, elle les traversait chaque matin et regardait l'autre rive comme on rêve une nouvelle vie. Le lycée accrut ce renouveau.

21

Lettre du 26 avril 1988 : perdue.

22

Léna fit sa rentrée au lycée Tocqueville de Cherbourg. Au premier cours, elle s'assit à côté d'une jeune fille au look fantasque. Armelle, de mère écossaise et de père français, avait suivi ses études au lycée français d'Aberdeen. Elle venait d'arriver en France, Léna se reconnut en elle. Elles déjeunèrent ensemble.

Les deux amies partageaient le goût des balades. Le soir même, Léna fit découvrir à Armelle sa côte sauvage. En haut des falaises, elle sut que la jeune Écossaise serait une amie : celle-ci portait sur la mer le même regard perdu, ce sentiment de ne pas être à sa place, toujours tournée vers un ailleurs inaccessible.

C'est là qu'Armelle lui parla pour la première fois des rites celtes. Pour la jeune rousse, il existait quelque chose de transcendant, une force au-dessus des hommes. Il n'y avait jamais de coïncidences, tout faisait sens. Il suffisait de voir au-delà des symboles. Les reconnaître, les faire siens. Le soir, Léna raconta à sa grand-mère cette nouvelle rencontre. Ses parents rentraient de plus en plus tard, Léna n'arrivait plus à leur parler vraiment. Un mur invisible s'était érigé entre eux.

Un mercredi, lors d'une balade sur le sentier des Douaniers, alors qu'elles venaient de se moquer d'un tic de langage de leur prof d'histoire, Armelle devint songeuse.

« J'ai failli le reprendre sur son récit du procès des sorcières de Salem. Cela se voyait qu'il n'y connaissait rien. Mais j'ai appris à me taire.

– De quoi parles-tu, Armelle ? Les cours de monsieur Dumont sont souvent exacts. Il ne nous épargne rien. Souviens-toi du cours sur la Shoah. Mickaël a dû sortir de la classe lors du documentaire. Malgré ce tic de langage abominable, je l'aime bien, car il ne nous cache rien. »

Armelle fit la moue.

« Pour ce passage historique, en tout cas, il a omis certaines choses. »

Elle continua en chuchotant presque. Léna dut se pencher vers son amie pour l'entendre. Armelle sentait toujours la bruyère.

« Connais-tu la sorcellerie ? »

Devant le visage sceptique de Léna, Armelle continua :

« Les sorcières wiccanes sont à part. Cela dit, on se fait généralement une image fausse de ces personnes. Ce n'est pas parce qu'une femme a un nez crochu, une verrue sur le nez ou encore un chat noir qu'elle est une sorcière. La wicca est une religion qui a vu le jour bien avant le christianisme, mais depuis toujours ses adeptes ont appris à se cacher. Je pourrais te raconter pendant des heures leurs histoires, mais dans chacune reviendraient les mêmes mots : "caste meurtrie, mise de côté, incomprise, bafouée, exilée, torturée." Je ne sais pas pourquoi je te dis tout ça, Léna, mais depuis le début, j'ai le sentiment que je peux te faire confiance et m'ouvrir à toi. Tu sais, je n'ai jamais vraiment eu d'amis. Ma mère est trop étrange pour nos voisines. »

Léna lui raconta tout. Pour la première fois, elle aussi s'épancha. Elle lui dit ses peines, ses manques, ses interrogations, les cachotteries de ses parents, leur volonté de faire table rase du passé. Puis elle lui parla d'Ivan, de sa mort probable, de l'impossibilité de le joindre, puisque ses parents avaient rompu tout contact avec leurs amis restés en Ukraine.

Armelle la prit dans ses bras, ses boucles chatouillèrent le visage de Léna. Elles rirent de concert.

« Veux-tu honorer la nature ? Là est la réelle magie de la sorcellerie. »

La jeune fille invita Léna à ramasser quelques galets. Elle les caressait avec une attention toute particulière. Puis, avec, elle forma un cercle au centre duquel elle posa une couronne de fleurs. Cette simplicité charma Léna. Elle aima cette force invisible qui n'était plus une source de tourment comme les radiations de la Centrale, mais celle d'un nouvel équilibre.

Le soir du 21 juin, Armelle invita Léna à approfondir son initiation aux rites païens. Quand Nathalie déposa sa fille devant la maison d'Armelle, elle chantonnait le dernier tube à la mode.

« Don't you know
They're talkin' 'bout a revolution
It sounds like a whisper... »

À la voix d'alto de sa mère, d'autres chants répondirent dans la chambre d'Armelle : Léna découvrit les voix cristallines celtes. Au troisième morceau, les deux amies entrèrent toutes les deux dans une danse effrénée. Le corps de Léna exulta d'une force trop longtemps contenue. Après le dîner, Armelle lui raconta les cercles druidiques dans la forêt de Brocéliande, et ses courses avec sa mère entre les menhirs. En écho, Léna se souvint de ses jeux avec Ivan, dans la forêt qui bordait Pripiat. Un silence emplit la pièce.

« Et si nous tracions un pentacle ? »

Elles eurent des rires mutins quand elles déchirèrent le drap usé, elles retrouvèrent l'innocence de leur enfance. À main levée, elles dessinèrent un cercle, puis les cinq branches. La pièce embaumait le marqueur noir indélébile. Elles se regardèrent comme des complices de toujours qui auraient découvert un trésor. Elles allumèrent quelques bougies et les déposèrent à chaque point cardinal. Ensemble, elles entrèrent dans le cercle.

Ce soir-là, Léna resta chez son amie. Avant de s'endormir, elle prit un livre au hasard et lut la légende du dieu gaulois Cernunnos, à la tête de cerf. Il hanta ses rêves : autour d'elle, il déversa ses pièces d'or, tandis que son torque battait en mesure contre son cou. Léna souriait dans son sommeil, elle n'était plus seule.

23

26 avril 1989

Ma chère Léna,

J'espère toujours te revoir. Alors je t'écris. Ici, on me prend un peu pour un fou qui continue d'y croire. Mais je n'y peux rien. Parfois, je me dis que j'écris avant tout pour moi. Ça me fait du bien.

J'aimerais tellement recevoir une lettre de toi. Tu pourrais m'envoyer une photo. Tu penses que je te reconnaîtrais ?

Il y a eu pas mal de changements depuis ma dernière lettre. Le gouvernement soviétique nous a enfin relogés ! Nous sommes presque revenus chez nous. Presque, car Slavoutytch est à 48 kilomètres de Pripiat. La ville a été construite pour nous, les exilés de la Centrale. Tu verrais ça, elle est super moderne !

Cela nous change de notre appartement à Kiev. La ville est belle, et maman a retrouvé du travail dans une des huit crèches de la ville. Mon père, en revanche, ne vit plus avec nous. Il a choisi de retourner dans la Zone. Il s'abîmait la santé à rester avec nous, alors il est parti. Sans les disputes de mes parents, je vis mieux.

La santé de Maroussia n'est pas très bonne. Les médecins parlent d'un mauvais fonctionnement de la thyroïde. Personne n'ose dire ici que c'est à cause de la Centrale. Ma petite sœur maigrit à vue d'œil. Elle n'a plus trop de force. Le soir, j'aime lui raconter des histoires. Au moins, elle s'endort paisiblement. Les médecins ne nous disent pas grand-chose, si ce n'est de lui donner des vitamines. Alors, on patiente. Que peut-on faire d'autre ?

Sinon, Pavel et sa mère nous ont aussi suivis à Slavoutytch. Ils reçoivent une maigre pension de la part du gouvernement. Une façon de rendre hommage aux liquidateurs. Mais ça ne les fait pas vivre. Et ça ne fait pas revenir leur père. Pavel fait quelques petits boulots le samedi. Il livre des journaux le matin. Cela paye un peu leurs dépenses. Maman essaie de faire embaucher la mère de Pavel dans une des nouvelles crèches, mais c'est assez difficile.

J'aime beaucoup Slavoutytch. On dirait Pripiat ! Il y a tout le confort ici. La majorité des hommes sont retournés travailler à la Centrale. Quand je serai grand, je ne voudrais pas y travailler. J'y ai trop de mauvais souvenirs. Maman pense que je ferai mes études à Kiev. Et toi ? Comment vois-tu l'avenir ? De l'autre côté du Mur a-t-on d'autres opportunités ?

Je ne sais pas pourquoi, mais tu me manques toujours autant. Je t'invente des excuses. Je me dis que tu veux revenir, mais que le mur de Berlin t'en empêche. Je continue d'espérer. Que faire d'autre ?

Je t'embrasse.

À jamais ton Ivan.

24

Léna acquit durant le lycée cette énergie que d'autres lui envieraient plus tard. De loin, elle ressemblait à un lac, mais il suffisait de s'en approcher pour apercevoir, sous sa peau hâve, des démons intérieurs : elle entendait enfin, grâce à Armelle, des chœurs ancestraux. Ils la portaient vers de nouvelles rives inconnues qu'elle semblait connaître par cœur. Cette amitié l'ouvrit au monde.

Lors des promenades sur la côte, elles palpaient, paumes ouvertes et retournées, le souffle du vent, elles le caressaient sans l'apprivoiser, s'imprégnaient de ce granit millénaire, puis couraient et criaient dans cette lande indomptée. Elles aimaient se lancer des défis : elles cherchaient un jour ces insectes que certains appellent « gendarmes », d'autres fois elles partaient en quête des romulées blanches, ces fleurs sauvages vivaces. Elles rentraient chez elles avec des couronnes de fleurs, elles rehaussaient la lumière de leurs cheveux. Léna rayonnait. Sa mère observait de loin la transformation de sa petite fille en adulte.

En première, son professeur de français lui fit découvrir *Antigone* de Sophocle. Elle, la blonde, trouva un double chez la brune. Léna fut fascinée par le courage d'Antigone, elle admirait sa détermination face à son oncle Créon. Où était son bonheur à elle ? Ne s'était-elle pas tue, quand son père lui avait interdit de parler de l'Ukraine et d'Ivan ?

Au spectacle de fin d'année, tandis qu'elle jouait la dernière scène d'*Antigone*, elle s'adressa davantage à son père qu'au public :

ANTIGONE : *Il faut que j'aille enterrer mon frère que ces hommes ont découvert.*

CRÉON : *Pourquoi fais-tu ce geste ? Pour les autres, pour ceux qui y croient ? Pour les dresser contre moi ?*

ANTIGONE : *Non.*

CRÉON : *Ni pour les autres ni pour ton frère ? Pour qui alors ?*

ANTIGONE : *Pour personne. Pour moi.*

Quand la lumière revint, sous les applaudissements du public, le regard de Léna n'était plus le même. À défaut d'avoir des réponses de ses parents, Léna se construisait grâce aux personnages. Elle voulut devenir une Antigone blonde. Elle fit alors un acte qui aurait été insensé quelques mois plus tôt : en cours de géographie, elle fit un exposé sur l'Ukraine. Sous son toit, son père pouvait bien lui interdire de parler de son pays, mais pas en classe. Grâce à ses lectures et à Armelle, elle se forgeait une histoire, faite de légendes ukrainiennes de sa grand-mère, de mythes grecs de son professeur de lettres, et d'ondes celtes de son amie. Le puzzle de Léna se complétait. Quelques pièces manquaient encore.

25

Le 9 novembre 1989, à quelques milliers de kilomètres des hautes falaises du Cotentin, le mur de Berlin s'effondre. Trois ans après Tchernobyl, les caméras se tournent à nouveau vers l'Est, les frontières s'ouvrent.

Vingt-deux heures. Alors que Léna regarde la télévision avec sa grand-mère, une dépêche interrompt le film. Des gardes-frontières allemands ont commencé à ouvrir des brèches du Mur depuis 19 h 06, explique la journaliste. L'Histoire est là. Ce soir. Des milliers de gens escaladent ce qui hier encore était infranchissable. L'impossible a lieu. Léna a le nez collé à la télévision. La joie fait pleurer les deux femmes. À chaque coup de pioche s'élèvent des « hourras », le cœur de la jeune fille répond en écho.

Sur l'écran de la télé, la barrière de la douane se lève. Les hommes hésitent encore à aller au-delà. L'Ouest. La liberté, autrefois interdite, leur ouvre ses bras. Ils sont incrédules, comme des enfants devant leurs cadeaux de Noël, et avancent à pas mesurés. Ils n'y croient pas encore. Ils sont des milliers d'Allemands à passer d'Est en Ouest. La frontière n'existe plus, le Mur tombe sous la liesse des hommes. Des familles se cherchent, on espère retrouver le visage d'un voisin, d'un proche, d'un ami, d'un amour.

Léna bat des mains et crie sa joie. Ses parents ont eu beau maintenir une frontière étanche entre l'Est et l'Ouest, nier leur passé soviétique, celui-ci leur rit au nez. Plus rien ne peut empêcher le retour en Ukraine.

« Nous pourrons retourner en Ukraine ! Au moins pour les vacances : ne serait-ce que pour voir nos amis ! »

L'ombre d'Ivan se calfeutre derrière ses mots. Léna repense au trésor de son enfance. À chacune des briques du mur de Berlin tombées, l'espoir s'élargit. Zenka reste silencieuse face à la liesse de Léna. Soudain, Dimitri entre dans le salon. La colère qui barre son front est sans équivoque. D'un doigt rageur, il éteint la télé, puis se tourne vers Léna :

« Cela suffit ! Laissons les vaincus entre eux ! »

La jeune fille reste sidérée par tant de mépris. Est-il possible de rejeter à ce point ses origines ? Elle ne reconnaît plus son père. Derrière eux, Zenka a laissé échapper le verre de ses mains. Devant l'écran noir, la jeune fille emmure ses espérances.

« Je te déteste !

– C'est mon rôle, Léna. C'est le rôle d'un père. Guider et conseiller les siens, les faire grandir sur un tuteur. Ma mission est délicate, difficile. Souvent, le tuteur est trop droit, mais un enfant doit suivre cette tige. Ton avenir est en France, pas dans ce pays moribond. L'Est est un bloc fragile, tout juste sorti des rives de l'enfance ; l'Ouest t'accordera davantage d'opportunités. La France est une terre d'accueil extraordinaire. Oublie ton passé, tourne tes pas vers le futur. Tu as toute ta vie devant toi, considère ce trésor qui s'offre à toi.

– Et mon bonheur ? »

À ce mot, Léna comprend qu'une nouvelle tragédie se joue. La scission ne fera que s'agrandir à chaque seconde. Armelle est son seul rayon de soleil durant l'hiver.

26

26 avril 1990

Léna,

Cette année encore, je t'écris, mais je ne sais pas vraiment pourquoi. Voilà cinq mois, le mur de Berlin est tombé. J'ai écouté, ahuri, à la radio les paroles qui nous venaient d'Allemagne de l'Est. Jamais on n'aurait permis cette retransmission voici quelques années encore. J'ai sauté de joie, les frontières s'ouvraient, il n'y avait plus de raison pour que tu ne reviennes pas. Je t'ai attendue à Noël. J'ai espéré comme un enfant. Mais j'aurais dû le savoir : le père Noël n'existe pas.

Toutes ces années à penser à toi, à t'écrire, à me battre contre ceux qui riaient de mon espoir. Dans quel but ? Mes attentes se referment sur du vent.

Là-bas, en France, tu as dû m'oublier. Alors, restes-y. Ne reviens jamais. Tu n'as plus rien à voir avec la Léna que je connaissais. Tu as trahi celle que tu étais, celle que j'aimais, qui aurait fait des pieds et des mains pour me retrouver. Finalement, tu es aussi lâche que ton père.

À présent, je sais quelles seront mes priorités. Maroussia a besoin de force pour deux.

Ivan

27

Lettre du 26 avril 1991 : lettre déchirée.

28

Le 24 août 1991, l'Ukraine surprit tout le monde en sortant de l'URSS. La même semaine, Léna quittait sans regret ses parents pour s'installer chez ses cousins à Paris. Elle était acceptée en histoire à la Sorbonne. Elle fêta son départ avec Armelle : elle aussi partait, mais dans une autre direction. Elle retournait en Écosse, car elle voulait étudier la mythologie celte. Le dernier soir, entre les menhirs, ceintes de couronnes de boutons d'or et de pâquerettes, elles dansèrent jusque tard dans la nuit. Les vagues les accompagnaient en contrebas de la falaise. Une fois encore, les yeux de Léna promirent de ne pas oublier son amie.

Le lendemain, une autre palpitation prit place. Effarouchée et timide tout d'abord, elle prit la teinte vive de la liberté. Sur le quai de la gare, Léna ne se retourna pas vers ses parents. Elle ne vit pas leur silhouette rétrécir pour ne former bientôt qu'un point. Seule sa grand-mère lui manquait déjà. En cinq ans, ses parents étaient devenus des étrangers. Ils n'avaient jamais répondu à ses questions sur l'Ukraine. Léna leur en voulait. Avec Armelle, un soir, elle s'était comparée à un arbre dont les racines auraient été coupées.

« Comment veux-tu que je grandisse sans mes racines ? Heureusement que je t'ai rencontrée. »

Les paysages filaient derrière la vitre du train. Léna posa son front contre la fenêtre, elle s'endormit pour ne se réveiller que deux heures plus tard.

Paris surprit Léna. Avec ses parents, elle n'avait plus quitté la Normandie. Son père ne prenait jamais de vacances, et sa mère n'avait pas passé son permis de conduire. Une fois, ils étaient allés à Caen pour un concert. Les occasions de sortir étaient rares.

Dans la capitale, les gens se hâtaient, l'un la bouscula sans s'excuser. Elle serra la poignée de sa valise et demanda sa route à une vieille femme. Celle-ci ne s'arrêta même pas. Elle s'avança vers un homme à la casquette rouge :

« Je cherche la ligne 2 », s'excusa-t-elle presque.

L'homme souffla, puis lui indiqua l'itinéraire le plus court. Elle s'engouffra dans le métro. Personne ne se regardait. Des visages dans le vague, ou enfouis derrière un livre, voire endormis. Léna respira mieux une fois sortie du métro.

En début de soirée, les lumières habillaient la ville de taches disparates : de nouveaux bruits, de nouvelles odeurs. Aux maisons de Vauville répondait la verticalité de Paris. La capitale élevait ses immeubles au cœur desquels aucun vent ne s'engouffrait. Tout autour de Léna, s'élevaient de fiers titans, ils ne laissaient au ciel diminué que quelques miettes de bleu sombre.

À la tombée du jour, ils devenaient dentelle, et des halos jaunes naissaient ici et là. Des étoiles urbaines. Des milliers de vies s'illuminaient sous les yeux de Léna. Des ombres chinoises dans des appartements cossus. Combien d'histoires de vie s'étalaient là ? L'ancien et le moderne, telles deux lianes enchevêtrées, cohabitaient harmonieusement : les Parisiens étaient de petits soldats qui déambulaient tout autour.

La nature était là, cachée, dans les encorbellements Art nouveau des balcons. Plus silencieuse, elle imprimait toujours sa griffe. Paris ouvrait à Léna son entrelacs de rues. Au détour de l'une, Montmartre l'étonna. Place du Tertre, elle s'arrêta devant une toile bigarrée. Un chignon argenté émergea d'entre deux peintures.

« Vous aimez ? »

L'artiste avait une gouaille toute parisienne, Léna se laissa charmer et montra du doigt une aquarelle aux formes haussmanniennes.

« Celle-ci est ma préférée, nous ne distinguons que des formes éparses.

– C'est ma sœur qui peint. Comme elle est absente en ce moment, je la remplace. »

La vieille femme était intarissable, l'heure tournait, les cousins l'attendaient. Elle lui raconta les années 1950, la folie de Montmartre, ses amants et ses chats. Ses yeux se teintaient de bohème malicieuse d'où s'échappait une certaine candeur. Léna s'aperçut bientôt que la vieille femme mélangeait tout : les époques, les guerres et même les gens. Sa sœur existait-elle vraiment ? Habitait-elle au 11 de cette place comme elle le prétendait ? Quel âge avait-elle vraiment ? Elle avait le débit d'une raconteuse d'histoires. Léna se laissa charmer.

Paris était aussi une terre de légendes, et le chignon argenté de Martha était un merveilleux guide. La plainte des accordéons sur la place accompagnait sa voix nostalgique. De son doigt jauni par le tabac, la vieille dame lui montra des cartes postales qui représentaient la Commune au XIXe siècle. Une barricade faite de pavés, des bâtiments incendiés : Montmartre avait été profondément meurtri. Pourtant, ce soir, le quartier était bondé de touristes.

Un vertige prit Léna. Elle n'avait rien mangé depuis le matin. Il lui fallait partir : elle promit à Martha de revenir. Dans les escaliers, son emballement s'accentua. L'appartement de ses cousins émergea soudain au milieu de cette agitation des sens. Habituée aux espaces provinciaux, Léna s'imbriqua dans ce lieu comme le géant de Gulliver chez les Lilliputiens. Elle comprit pourquoi c'étaient toujours ses cousins qui faisaient le voyage jusqu'à Vauville.

Le soir de son arrivée, dans le minuscule salon, ils se tenaient tous les trois en cohorte devant leurs parents. Léna eut l'impression d'une ruche :

« Où veux-tu aller ? »

« Que veux-tu découvrir ? »

« Tu crois que tu pourrais m'accompagner à mon cours de théâtre ? »

« Tu aimes les spaghettis ? »

« On va au cinéma vendredi soir ? »

« Où as-tu eu ta robe ? »

« Et ton sac, tu veux que je te le mette dans ta chambre ?

– Ah non, c'est moi qui l'emmène découvrir son lit, c'est dans ma chambre qu'elle dort, après tout ! »

« Tiens, regarde sur ce plan, j'ai mis une croix pour la Sorbonne, et un rond pour notre appartement.

– Il faut que tu t'imagines un escargot.

– Mais non, tu dis n'importe quoi, laisse-la regarder le plan de Paris.

– Mais arrêtez de vous chamailler tous les deux, elle ne va rien comprendre. »

Léna éclata de rire. Les cousins répondirent en écho : la jeune femme qu'ils avaient devant eux n'avait rien de la petite fille mutique de jadis. Eux aussi, avec leur barbe naissante et leurs poils sur les mollets, ils ressemblaient peu à ce qu'ils avaient été enfants.

Léna apprendrait par la suite que ces moments en communauté étaient rares. Chacun vaquait à ses occupations sans trop s'inquiéter de l'autre. Dans cet appartement, ils communiquaient grâce à un tableau sur lequel ils consignaient leurs sorties.

Ils y glissaient leurs cartons, programmes de la journée. Karaté, ping-pong, piscine, yoga, théâtre, courses, cours, cinéma. Chaque cousin avait une colonne : il l'agrémentait de couleurs disparates. Le deuxième soir, l'aîné, Marko, était à une compétition d'agrès, sa tante à un cours de danse africaine, le cadet au cinéma. Autour de ce tableau, des Post-it de dessins griffonnés, une prose abrégée. Un partage en pointillé à la façon de Samuel Morse.

Cette liberté plut à Léna. Quand elle croisait ses cousins au hasard de leur planning, ils étaient plus riches de leurs expériences respectives. Les discussions fusaient, aucune journée ne ressemblait à une autre.

Cinq jours après son arrivée, elle ajouta un carton jaune « déambulation parisienne » pour la soirée à venir. Elle profita de la torpeur muette de l'après-midi pour sortir les quelques affaires encore dans son sac. Elle partageait la chambre de sa jeune cousine Roxelane :

« Peux-tu me raconter des légendes ? »

« Tu peux me dire bonjour en ukrainien ? Et en russe ? »

« Les langues sont si différentes ? »

« As-tu des séquelles de Tchernobyl ? »

La candeur des interrogations enfantait leur profondeur. Aux questions de sa cousine, Léna préféra lui en poser une à son tour :

« Connais-tu l'origine de ton prénom, Roxelane ? »

Les deux jeunes filles s'assirent chacune sur leur lit. Léna tira les rideaux et baissa la voix : c'était l'heure de l'histoire.

« Tu portes un prénom symbolique. Au XVIe siècle, Roxelane la Ruthénienne est capturée par les Tatars. Après un long périple, la jeune fille arrive à Constantinople. Elle n'est plus qu'une esclave. Mais Roxelane est belle, on la surnomme "la Rieuse". Elle intègre le harem du sultan Soliman. Elle y apprend une nouvelle culture, la langue turque, mais aussi l'art de la séduction. Rapidement, elle donne un fils au sultan, puis trois autres. Le sultan se détourne des autres concubines. Dans les rues de la capitale, on raconte que Soliman le Magnifique est tombé amoureux de son esclave. La rumeur dit vrai, Roxelane devient la *"haseki"*, la favorite, puis Soliman l'affranchit avant de se marier avec elle. Quel parcours, n'est-ce pas ? Roxelane est une femme forte, une légende en Ukraine. Il y a même une symphonie à son nom, composée par Haydn. Je l'emprunterai à la bibliothèque. Si tu veux, nous l'écouterons toutes les deux. »

Les yeux de Roxelane brillaient. Léna répondit alors aux questions de sa cousine. Ses grands-parents avaient émigré en 1936, et Roxelane n'avait jamais connu l'Ukraine. C'était pour elle un lieu sans consistance. Léna leva le voile sur ce pays. Le passé était un pays étranger qui ne la quittait jamais.

Le même soir, un guide touristique à la main, Léna s'engouffra dans les rues parisiennes. Elle passa devant Martha, toujours postée derrière son chevalet, et la salua de l'éventail de ses doigts. Ce n'est pas la beauté de la capitale qui la marqua, mais son empreinte géométrique. Ici, nulle vision organique. La nature s'était retirée au profit de l'urbanité.

En haut de la tour Montparnasse s'étalaient plusieurs chapelets lumineux comme des pistes d'aéroport. Les réacteurs d'avion avaient été remplacés par les klaxons des Franciliens. Sous les yeux de Léna, la rigueur héritée du baron Haussmann se déployait. Elle se souvenait d'avoir vu dans un vieux journal de brocante une caricature du préfet qu'on comparait à une secousse sismique. Il fallait percer, creuser, assainir, aérer. Les Parisiens étaient en deuil, et Paris une nécropole ruinée. Léna se prit de passion pour cette période : les ruines lui rappelaient ces images qu'elle avait entrevues de Pripiat.

29

Carnet de bord d'Ivan, 29 juin 1992

Il est des images qu'on garde à l'abri, dans le creux de nos cicatrices. Elles possèdent le goût de la glaise fraîchement retournée et le bruit de la pelle qui heurte des cailloux. Ce soir, avec mon père, nous sommes revenus chez nous, dans notre jardin. Aucun oiseau pour accompagner notre cortège, aucun chien pour nous suivre à la trace.

Nous avancions doucement dans la forêt, le corps de Maroussia alourdissait nos pas. Elle était si frêle pourtant. Arrivé au seuil de notre maison, mon père m'a tendu sa dépouille. Au passage, ses cheveux ont caressé ma joue, comme lorsque nous jouions aux chatouilles autrefois. Puis, mon père s'est dirigé vers notre ancienne maison. D'un geste sûr, il a dégondé la porte en chêne puis l'a déposée à terre. D'un mouvement de tête, il m'a invité à y déposer Maroussia.

Il est revenu de la remise avec une pelle, le métal irradiait sous les rayons pâles de la lune. Quand j'étais petit, je n'arrivais pas à tenir son manche. Il faut croire que j'ai grandi, car ce soir j'ai creusé sans fléchir la tombe de ma sœur.

Avant de repartir, j'ai regardé une dernière fois le monticule de terre. En cercle, tout autour, nous avions planté des fraisiers. Leur goût boisé lui plaisait tant.

30

Un soir, Léna parla de ses découvertes à son oncle. Fervent écologiste, il participait souvent à des réunions à la mairie de Paris.

« Les percées d'Haussmann me rappellent ces projets démesurés en Sibérie. N'est-ce pas là-bas qu'on a voulu détourner des rivières ?

– L'homme soumet la nature, il la polit à son image. Il a alors l'impression de lui être supérieur. À l'époque des plans quinquennaux, les dirigeants soviétiques pensaient qu'allier science et technique serait l'avenir de l'homme, la réponse à tout. Une sorte de démesure humaine encore une fois. Les scientifiques n'avaient aucune limite. La Sibérie était vaste, sauvage, loin de tout : il n'y aurait aucune conséquence, pensait-on ingénument. À coups d'explosions nucléaires, les scientifiques ont détourné des fleuves pour irriguer des champs de coton, au détriment de la mer d'Aral qui a vu son cours d'eau s'assécher. »

Léna l'écoutait, songeuse :

« Et là-bas, comme à Paris sous Haussmann, combien d'hommes ont été expropriés ?

– Le site de Mayak, près d'Ekaterinbourg, est sans doute le plus représentatif. Le premier réacteur de production nucléaire. Dans cette région ont eu lieu des accidents, mais à cette époque, le monde était plongé dans une lutte entre deux titans : les États-Unis et l'Union soviétique. La guerre était rampante, souterraine. Rien ne devait être dit. Surtout pas les échecs. À Mayak, le taux de leucémie a explosé, et des milliers d'hommes ont été déplacés. Aujourd'hui, il ne reste rien de ce village. »

Son oncle se leva et fouilla dans son secrétaire. Il revint avec une photo :

« Voilà ce qu'il reste du village de Mayak : le moulin et l'église. Les hommes n'ont pas su détruire ces deux symboles. N'y subsistent que les emblèmes de la nourriture terrestre et spirituelle. Le reste du village a disparu. Chaque semaine, j'assiste à des réunions : nous parlons des conséquences de la folie des hommes, de leur ambition à dompter la nature. Nous réfléchissons au maintien des équilibres naturels. Malheureusement, cela fait des années que l'homme agit en être tout-puissant. Il est temps de penser aux conséquences. »

Au premier plan de la photo, une étendue d'eau. Le clocher, désormais muet et inutile, s'y reflétait. Que restait-il de Pripiat ?

Le lendemain, Léna reçut une lettre d'Armelle. Leur amitié résistait, malgré la distance. Souvent, quand Léna ouvrait une lettre de son amie, la nostalgie d'une autre amitié lui revenait. Armelle était devenue la sœur qu'elle n'avait jamais eue. Elle aurait tant aimé discuter avec elle de vive voix, mais les communications n'étaient pas à portée de sa bourse d'étudiante. Elle griffonnait des pages entières à son amie et comblait son absence. Ce jour-là, la lettre était plus épaisse que d'habitude :

« Ma chère sœur de cœur,

Je t'ai un peu délaissée ces derniers temps. Pour me faire pardonner, je t'ai glissé dans cette enveloppe l'objet de mon retard. Tu verras, il a les mêmes boucles que moi. »

Léna sortit de l'enveloppe une photographie d'Armelle. À ses côtés, un visage d'homme rayonnant.

« Et toi, Léna, as-tu rencontré quelqu'un ? »

Cette question la ramena à Ivan. Elle aurait bien aimé lui écrire une lettre, mais celle qu'elle avait envoyée à Pripiat était restée sans réponse. Où aurait-elle pu lui écrire ? Pripiat était devenue une ville fantôme. La lettre ne fit que renforcer la sauvagerie de Léna. À la bibliothèque de l'université, une muraille de livres aux couvertures bigarrées la séparait des autres étudiants. Pourtant, quand elle se réfugiait à la bibliothèque, elle aimait regarder la liberté de cette jeunesse en terrasse. La bibliothèque de la Sorbonne avait sa préférence : elle y restait jusqu'à sa fermeture.

La première fois qu'elle y entra, elle s'arrêta devant le seuil. À son passage, les feuilles d'acanthe peintes sur les murs bruissèrent, les personnages olympiens craquelèrent leurs lèvres de gouache, les lampions des tables de travail basse tension prirent une nouvelle teinte. Le temps était comme protégé derrière ces tableaux d'un autre siècle, et le silence de ses soirées l'emplissait de nouveaux savoirs.

La pièce sentait l'encaustique, les crayons frémissaient. Léna se dirigea dans un coin, à l'écart. Les couvertures des livres teintaient le rayon d'un bleu décati. Elle passa son doigt sur leur tranche rugueuse puis sortit du rayon un essai au titre fascinant : *L'Esthétique de la ruine.*

Après avoir survolé Babylone et Constantinople, Léna tomba immédiatement amoureuse du *Songe de Poliphile*, de cet homme qui recherche vainement son amour. Une forêt impraticable, des ruines, puis des jardins, Léna n'entendit pas ce soir-là l'annonce de la fermeture de la salle. Elle sursauta quand le documentaliste tapota son épaule. Elle se retourna, mais son regard tomba sur l'ouvrage qu'il tenait contre lui : *Paris photographié au temps d'Haussmann*. Sur la couverture, Paris était en ruines.

Cette nuit-là, Léna eut du mal à s'endormir. Ses rêves furent teintés de la quête de Poliphile, des percées haussmanniennes, de la poésie des ruines. À côté d'elle, Roxelane ronflait.

31

Slavoutytch, 26 janvier 1993

Salut,

Voilà, j'ai vingt ans. Le plus bel âge, d'après les gens. Je me demande bien qui l'a décrété, mais c'est un putain de menteur. Chaque jour, je me lève et je fais semblant. Quand j'étais étudiant à Kiev, je crevais d'envie de revenir à Slavoutytch, de revoir ma mère, qui est seule, depuis la mort de Maroussia. Les bruits de la ville m'agaçaient, je n'étais pas à ma place. Depuis que je suis revenu, c'est pire. Je zone. J'ai pas trop envie de m'enfermer dans un bureau toute la journée. Je fais des petits boulots, je suis serveur quatre soirs par semaine, dans un bar du 4e district. Ça me suffit.

Le reste du temps, je dors ou je sors. J'ai vingt ans, et j'habite toujours chez ma mère. Elle ne fait que pleurer sur notre famille, ma sœur morte, ou mon père absent. Je ne lui facilite pas non plus la tâche avec mes conneries. Mais je ne sais pas être autrement. Et c'est pas toi qui pourras me juger.

J'ai longtemps espéré ton retour. En 1990, j'ai cru chaque jour que tu reviendrais. Tu sais ce que ça fait d'attendre ? D'espérer ? Quand ça s'arrête, on tombe de haut. Je croyais en toi, en ta force, en notre complicité. Mais ce n'était que du vent.

Comme les autres. Tu es comme les autres. Dès que tu as franchi cette putain de frontière à la con, tu m'as oublié. Peu importe ce qu'on avait vécu. Pfft, du vent ! Les promesses ne tiennent que le temps d'être dites. Après, on trouve toujours des choses pour s'en détourner. Se divertir. Qu'as-tu trouvé là-bas pour y rester ? Je ne te suffisais pas ?

L'homme est pourri jusqu'à la moelle. Les dirigeants ont détruit ma vie, la région, ce pays. Tu sais ce que ça fait de voir la mort en face ? De voir les gens tomber malades ?

À Slavoutytch, y a pas une semaine sans qu'on ait un mort des radiations. Mais officiellement, ce n'est pas à cause de la Centrale. Non, ça coûterait trop cher en dédommagement. Mais comment ne pas être malade ? On achète des légumes irradiés, les bêtes dans la forêt mangent de l'herbe contaminée ! Alors forcément, comment veux-tu que je croie en quelque chose ?

Voilà, j'ai vingt ans, et je ne sais toujours pas pourquoi je continue de faire semblant ni pourquoi je t'écris cette lettre que tu ne liras jamais.

Je m'aperçois que, depuis tout ce temps, j'écris surtout pour moi. Je pose des mots sur mes noires pensées, je panse une brûlure et une absence. Mais je ne sais plus quoi penser de toi. Le nous, quant à lui, s'est évaporé avec cette maudite explosion.

Ivan

32

« Quel temps fait-il à Paris ?

– Oh, tu sais, comme en Normandie. Il pleut, il fait gris. Un temps de novembre. Sauf que nous sommes en plein mois de juin. »

Léna et sa mère ne se racontaient rien, si ce n'est des banalités. En Normandie, rien ne changeait. Ses parents auraient pu être ces statues qu'elle aimait regarder au Louvre. Sauf que ses parents étaient vivants. Léna téléphona de moins en moins souvent et ne retourna voir ses parents que pour les fêtes de fin d'année. Elle aimait surtout y retrouver la malice de sa grand-mère.

Trois ans après son arrivée à Paris, Léna habitait toujours chez ses cousins. Elle avait trouvé un certain équilibre. Son cousin Marko quittait la maisonnée pour s'envoler vers Glasgow.

Léna hérita de sa chambre. Elle n'y était entrée que de rares fois, car elle avait toujours respecté l'intimité de son cousin. Elle avait été touchée quand Marko lui avait dit qu'elle pouvait prendre sa chambre :

« C'est cela, grandir, avait affirmé son oncle. On laisse de côté ce qui autrefois était notre richesse. Et on s'en refait une autre qui devient notre trésor d'adulte. »

Quand Léna y entra, elle fut surprise par la bibliothèque. Il avait tellement de livres ! Deux rangées sur chaque étagère. Quel plaisir de fouiner dedans ! Léna y puisa ceux qui deviendraient ses livres de chevet. Elle découvrit surtout des classiques. Le premier roman fut *L'Étranger* de Camus. La première phrase, « *Aujourd'hui, maman est morte* », la troubla. Elle s'assit.

« C'est aussi un apatride, Léna. »

La voix de son oncle la fit sursauter. Quand elle se retourna, il était déjà parti. Elle entendit la porte claquer : elle était seule avec Camus. Elle dévora les cent premières pages. À travers cette histoire, elle reconnut l'auteur comme un des siens. Des personnages en quête, des êtres à qui il manque la chaleur maternelle, ou le regard protecteur paternel. Des individus qui ne s'appartiennent plus.

Le dimanche était son jour de lecture préféré. Tout le monde vaquait à ses occupations, elle était souvent seule, dans sa chambre. Le silence l'enveloppait et la portait vers des mondes nouveaux. Sur le ventre, les jambes relevées, elle tournait les pages, tandis que les rayons du soleil jouaient avec elle, ailleurs déjà.

Une fois *L'Étranger* terminé, elle voulut poursuivre sa rencontre camusienne. Fébrile, elle ouvrit *L'Exil et le Royaume*, comme on s'injecte un sérum de vérité. Ce titre ! Toutefois, les personnages, ancrés dans l'âge adulte, ne lui fournirent aucune réponse, seulement une mélancolie passagère.

En revanche, la découverte de Milan Kundera fut mémorable. Ce matin-là, elle avait pris un de ses romans au hasard. Dans les ballottements du bus, debout, elle commença le livre. Calée contre une barre, le corps en équilibre, les pieds plantés au sol pour ne pas tanguer, elle se figea à la page 19 de *L'Insoutenable Légèreté de l'être* :

« L'homme ne peut jamais savoir ce qu'il faut vouloir, car il n'a qu'une vie, et il ne peut ni la comparer à des vies antérieures ni la rectifier dans des vies ultérieures. »

La lecture adoucit les longs trajets vers l'université. L'étudiante ricochait d'histoire en histoire. Dans l'ombre, les livres portaient le poids des cailloux du Petit Poucet. Les autres étudiants s'amusaient de cette jeune femme un peu sauvage, le nez dans un livre à la pause. Personne n'osait l'aborder. Elle engloutissait les romans à une vitesse métronomique. Les mondes de papier la rendirent épicurienne. Partout. Tout le temps. Elle lisait comme on respire. Par soif, par nécessité. Le plaisir était là aussi. Elle refermait chaque livre, comme on quitte des amis. Un jeudi soir, à la bibliothèque, elle tomba sur une citation de Platon :

« L'âme aussi, si elle veut se reconnaître, devra se regarder dans une âme. »

Une chaise émit un grincement et fit sursauter Léna. Ils ne devaient être qu'une grappe d'étudiants ce soir-là. Cette phrase la laissa sans souffle. Quelle âme regardait-elle, elle ? Cette pensée l'effraya quelques instants.

« I-van », eut-elle l'impression d'entendre, derrière les feuilles d'acanthe peintes. Elle n'avait connu aucune autre âme autant que lui. Et pourtant, les années avaient glissé. Ivan, dont la figure s'incarnait dans ses rétines à la manière d'un spectre, ne lui apportait aucune réponse. Il était mort, avait dit son père. Toutefois, elle ne cessait d'y penser. Et si jamais son père s'était trompé ? Elle balaya d'un geste ses réflexions, en se focalisant sur l'instant présent. Les partiels de fin de licence arrivaient.

Une semaine plus tard, tandis qu'elle préparait ses affaires pour les examens, Léna ne retrouva plus ses papiers. Elle avait dû perdre son portefeuille quelque part. Mais où ? Ses cousins s'affolèrent, sa tante aussi. La maisonnée se fit fourmilière. Comment passer des épreuves sans papier d'identité ?

« À la bibliothèque ? »

« Dans un café ?

– Tu es bête, Léna n'y va jamais ! »

« Dans la poche d'un de tes jeans ? »

« Sous le canapé ? »

« Ce ne serait pas toi, Roxelane, qui l'aurais pris par inadvertance ? »

Sa petite cousine fouilla même dans son bac à poupées. Léna ne semblait pas s'en préoccuper. Elle n'osait l'avouer aux autres, mais sa carte d'identité perdue ne l'inquiétait pas. Elle pensait à cette histoire qu'elle gardait précieusement, entre deux rabats de son portefeuille : c'était elle son identité.

33

Un soir, alors qu'elle était encore lycéenne, elle avait regardé une émission sur Tchernobyl. Les images étaient atroces. On parlait des liquidateurs. De leur sacrifice. Elle avait dû en connaître certains. Sans doute les pères de quelques amis. Elle ne reconnaissait plus rien, les alentours de Tchernobyl étaient en ruine, les images crépitaient au son du dosimètre. Le reporter chuchotait, comme s'il était sur un lieu sacré. Zenka avait éteint la télé, puis s'était rassise sur le canapé.

Il est des silences remplis d'autres silences. Léna avait pensé à Ivan, aux histoires qu'ils se racontaient. Elle s'était souvenue d'une en particulier. Elle avait serré les mains froides de Zenka, puis s'était précipitée à son bureau, le cœur dans l'urgence d'écrire. Fixer ce récit avant qu'il ne s'évanouisse.

Après quelques années, quand elle chercha à se souvenir de la voix d'Ivan, celle-ci était restée aux lisières de son enfance. Mais Léna ne voulait pas oublier cette histoire. Les mots d'Ivan auraient été les prochains à partir dans la rivière du temps. Cette histoire écrite serait leur dernier lien, l'ultime pont vers l'enfance. Avant de s'endormir, elle avait pris une feuille pour les encrer.

Un après-midi, dans leur cachette, Ivan lui avait raconté cette histoire. Le rituel était toujours le même :

Léna donnait trois mots, Ivan faisait mine de réfléchir quelques minutes, puis, un sourire aux lèvres, commençait à la raconter, l'œil malicieux. À l'ombre des saules, il murmura cette légende, Léna tout contre lui :

« Imagine une tribu près du Danube, du côté des Balkans. Là s'étendent les plaines où l'érosion a creusé de grandes cavités. Bacho Kiro est une de ces grottes où vivent des hommes de l'âge de pierre. Un garçon y a vu le jour sept ans auparavant. Le soir, à la lueur du feu, les ombres s'agrandissent sur les parois tandis que les hommes font durcir leur future lance dans le feu central.

À sept ans, on veut imiter les grands, et le garçon profite d'être seul pour s'amuser. Cela fait une semaine qu'il taille, fier comme un pou, un bout de bois derrière un des bosquets. Une semaine qu'il cache cette lance derrière les peaux qui sèchent. Cet épieu symbolise son entrée dans l'âge adulte. Il s'apprête à devenir un homme dans le secret des dieux. Un peu fébrile, tout de même, il n'a que sept ans, il jette son œuvre dans le feu, mais son savoir est mince et sa lance en ressort toute noire. Brûlée. Sois certaine, Léna, qu'il ne baisse pas les bras pour autant. À cet âge, l'envie de se dépasser terrasse vite le dragon de la déception. »

Ivan faisait à ce moment-là la grimace de l'animal légendaire, narines dilatées et yeux écarquillés. L'éclat de rire de Léna faisait bruire les feuilles. Puis il reprenait :

« Aussi, dès le lendemain, il part à la recherche d'une nouvelle lance. Elle sera plus belle et plus résistante ! Celle qui a brûlé n'était pas faite pour le guerrier qu'il est.

Mais, il s'est à peine éloigné du groupe des femmes qu'il entend un cri suivi d'un rugissement. Son sang se fige, ses pieds font demi-tour. Hélas, ses mains sont nues. Dans sa course, il casse instinctivement une branche de noisetier et arrive près de la grotte. Un tigre aux dents de sabre bouche son entrée. D'emblée, il recule. La bave l'effraie. Face à lui, son cauchemar.

À côté de ce monstre, sa mère gît, recroquevillée sur ses deux frères que son corps a protégés des griffes. La chair du troisième est dans la gueule dégoulinante du félin. Le garçon réprime un haut-le-cœur mais pousse un cri rauque. Sa baguette tendre, qu'il tient dans sa main droite, chasse à peine les moustiques.

Mais les hommes arrivent, alertés par le cri de l'enfant. Le tigre est très vite tué, puis dépecé. La mort, animale et humaine, fait flotter ses étendards noirs, le garçon ne desserre pas la bouche de la nuit. »

Ivan faisait une pause et en profitait pour jouer avec les cheveux de Léna. Ce n'est que plus tard que la Slave saisirait le message prémonitoire.

« Mon père dit toujours : "Si on ne maîtrise pas la technologie, le feu comme le nucléaire se retournent contre l'homme. Les générations se succèdent, les histoires reviennent. Toujours les mêmes, toujours en boucle." »

Ivan enchaînait. La partie préférée de la jeune fille.

« La culpabilité de l'homme est souvent fondée sur le néant. C'est lui, le forgeron de ses armes, lui qui pointe contre lui ses flèches acérées. Le garçon, honteux de n'être qu'un enfant, part le lendemain. Il demeure introuvable pendant des années, certains disent l'avoir vu plus loin, une peau de tigre sur le dos, une lance effilée dans la main droite. Son père ne veut pas croire à cette légende et se persuade de sa mort. Mais un jour, il revient. Seul son chien-loup le reconnaît d'un frétillement de queue. Aja, son amie d'enfance, partie à la cueillette, renverse son panier quand elle identifie au loin la silhouette aimée. Il est revenu pour elle, une fois le cœur lavé de l'ire mortuaire. Le jeune homme n'arrive pas les mains vides. Plus qu'un guerrier, il est un inventeur.

Dans sa main, il tient la plus belle des lances. Personne n'en a vu de telle auparavant. À son bout, un silex taillé. Armé de pics en bois de cerf, le garçon s'était fait mineur pour déloger le précieux caillou. Il chassait sans discontinuer. Mais un jour, la lance en l'air en signe de défi, il s'est assis. Grâce à son arme, il a tué des dizaines de tigres ; leurs dents inoffensives s'entrechoquaient sur son torse à chaque saut. Mais ce jour-là, sur cette pierre, il a enfin écouté sa culpabilité.

La sagesse lui a appris alors que la mort de sa mère n'était pas sa faute, qu'il s'agissait d'un fâcheux concours de malheureux hasards imbriqués les uns dans les autres. Lavé de pensées honteuses, il a décidé de revenir chez lui, après dix ans d'errance. Il venait sans le savoir de devenir un homme. »

Léna somnolait toujours quand Ivan terminait son histoire. Ils restaient là, allongés dans ce terreau mousseux, les fourmis ne déviaient pas leur route, pensant sans doute à des corps que la nature aurait posés là.

Le lendemain, sa cousine la réveilla à cris stridents.

« J'ai retrouvé ton portefeuille, je l'ai retrouvé, je l'ai retrouvé ! Il était dans le placard, à côté des affaires de plage ! »

Elle jouait avec, le faisant passer d'une main à l'autre. Elle minaudait presque :

« Maintenant, tu dois me raconter cette histoire ! »

Léna caressa le tissu abîmé, ouvrit son portefeuille, puis sortit le papier avec la délicatesse d'une relique.

Le soir même, les deux cousines allumèrent une bougie, près des santons qu'Ivan avait sculptés : les corps des deux cousines étaient dans un autre espace-temps. Quand la voix grave de Léna s'éleva dans la chambre, elles puisaient déjà leur air dans la grotte néolithique de Bacho Kiro. Les yeux de Roxelane brillaient d'un éclat rayonnant.

Léna passa ses partiels, et obtint sa licence d'histoire ancienne avec les félicitations du jury.

34

Fin juin. Il lui fallait préparer son année de maîtrise. Un professeur lui avait été recommandé pour sa rigueur : le professeur Sanvœuvre. Depuis quelques années, la médecine antique la fascinait. Parfois, elle se disait même qu'à part quelques grandes découvertes au début du XXe siècle, les avancées avaient été minimes depuis l'Antiquité. Elle prit rendez-vous avec lui, le 21 juin. Devant sa porte, tête baissée, elle tenait contre sa poitrine une pochette cartonnée portant le titre : « Mythologie et plantes médicinales de l'Antiquité ».

Cet homme discret fut immédiatement troublé par cette étudiante de dix ans sa cadette. Quand Léna entra dans son bureau, le professeur lui trouva le même port de tête que la reine de Saba, reine d'Égypte et d'Éthiopie. Seuls son teint blanc et ses cheveux blonds l'éloignaient de ce personnage fantasmé. Le professeur réprima un tic nerveux. Il venait de tomber amoureux.

Le hasard voulut que monsieur Sanvœuvre s'appelle Yvan.

Léna ne comprit pas ce qui se jouait lors de ce rendez-vous. Concentrée sur son argumentaire, elle ne le vit pas la dévorer des yeux. C'est tout naturellement, et sans arrière-pensées, qu'elle accepta de poursuivre cet échange professionnel autour d'un verre.

« Ce sera plus simple si vous m'appelez Yvan. »

Léna resta interdite. Le destin lui jouait-il des tours ? Fallait-il qu'il laisse la porte du passé ouverte ? Elle eut un sourire poli, et baissa la tête pour ne pas dévoiler son désarroi.

Pourtant, des liens se créèrent dès le premier soir. Léna et Yvan partageaient le goût des mystères et des mythes. Les grandes vacances commencèrent, ils ne se virent pas. Mais dès la rentrée, Yvan l'invita à toutes les expositions parisiennes possibles. En quelques semaines, ils les avaient toutes vues. Léna confiait ses doutes à Armelle. Son amie s'étonnait de leur amitié amoureuse. Les amies émettaient des hypothèses. Pourquoi ne faisait-il pas le premier pas ?

Léna aimait sa compagnie. Il comblait ses silences, il était rassurant. De son côté, Yvan aimait l'inaccessibilité de la jeune femme, cela renforçait son envie de la séduire.

Un soir de décembre, ils ne se quittèrent plus. Le verre, pris à son habitude dans un café, se termina chez lui. Les conjonctions astrales devaient être meilleures ce soir-là, même s'ils étaient redevenus deux adolescents apeurés. Le vin délia leur langue, et les corps se rapprochèrent. D'un geste de la main, il l'emmena sur son lit.

Ils firent l'amour maladroitement. Comme deux corps qui se cherchent. Ni leur peau ni leur odeur ne correspondaient entre elles. Quand ce fut fini, Léna se leva. Dans la salle de bains, l'eau chaude libéra ses larmes. Elle pensait avoir pleuré en silence, mais quand elle revint se glisser dans le lit, Yvan était désemparé ; il lui caressa mollement les cheveux, le sommeil l'emportait déjà. Léna le rassura d'un sourire, puis éteignit la lumière. La respiration ample d'Yvan indiqua qu'il dormait. La nuit, elle fut captive d'un même cauchemar :

elle était seule dans une chambre. Abandonnée. Elle devait arpenter une terre vierge. Elle se réveilla en sursaut, perdue entre son rêve et la réalité, elle mit du temps avant de comprendre qu'elle était à côté d'Yvan. Son T-shirt collait à son corps, les cheveux dans sa nuque étaient trempés. Elle se leva et enfila un gilet ; elle s'assit sur le canapé, face à la fenêtre.

Ses mains tremblaient encore. Elle se remémora les dernières heures, ses larmes sous la douche. Elle tentait de se comprendre : elle découvrait un corps, une peau, des mains ; mais sous ses caresses, c'étaient les épaules d'un autre qu'elle imaginait toucher. Instinctivement, du regard, elle chercha les santons d'Ivan, mais ils étaient sur sa table de chevet, dans l'appartement de ses cousins. Alors elle comprit.

Pour la première fois depuis des années, les figurines n'avaient pas protégé son sommeil. Elle n'avait pas eu un regard sur elles avant de dormir. Silencieusement, elle pleura sur ce rituel. Elle se trouva bête. Elle devait oublier les spectres du passé. La sentence de son père lui revint en mémoire :

« Ivan est mort. »

Dans la chambre d'à côté, un homme l'aimait. Pour elle, pour ce qu'elle était aujourd'hui. Elle n'était plus une fillette. Elle ne devait plus se priver d'amour. Elle ravala ses larmes, rejoignit Yvan et entremêla ses jambes aux siennes.

35

L'été arrivait. Dans le couloir, des valises s'entassaient. Lors du chargement de la voiture, il y eut les derniers éclats de rire, puis le silence. Le lendemain, Léna partirait elle aussi. Naples, son premier voyage avec Yvan. Depuis 1986, elle n'avait plus quitté la France. Son exil restait une cicatrice qu'elle cachait maladroitement.

Pour la jeune étudiante, partir possédait ce goût de sang qui affleure quand on arrache un pansement. Au moment de faire son sac, elle serra les dents derrière son sourire. Un peu comme un chirurgien aux mains gourdes qui comprime comme il peut une plaie. Elle se fit violence pour Yvan.

Au décollage, elle lui serra la main, plus fort qu'à l'accoutumée. Elle desserra cette étreinte au moment où, par le hublot, apparurent des lambeaux de terre, puis du blanc partout. L'avion traversait les nuages. Le voyage portait la même couleur que ses rêves. Elle se réveilla à l'atterrissage.

Pourtant, quelque chose manquait. Les quatre ans d'italien de Léna ne lui furent d'aucun secours en arrivant à l'hôtel.

« Buongiorno signora! Spero che il suo viaggio sia stato piacevole! »

Elle ne put répondre. Les mots s'étranglaient et s'évanouissaient dans sa gorge. Yvan termina l'échange en anglais. Dans la région napolitaine, Yvan servit aussi de guide à Léna. Il adorait ce pays, et il y passait toutes ses vacances. Il collectionnait les vieilles pièces de monnaie, et cette passion remplissait sa vie. Le lendemain, il partit même aux aurores retrouver un vieil ami et passa la journée avec lui. Léna en profita pour faire un tour au Musée archéologique. Il faisait trop chaud pour déambuler dans les petites rues napolitaines.

Le soir, il revint le sourire aux lèvres.

« Tu ne devineras jamais ce que j'ai trouvé. »

Yvan lui montra une pièce cabossée. Selon lui, il tenait le Graal entre ses doigts. Il embraya sur un monologue, mais Léna n'écoutait déjà plus Yvan faire l'éloge de son ami dénicheur.

Le lendemain, ils commencèrent leur périple par Herculanum. Une fois les boutiques touristiques traversées, Léna franchit les portes de la cité comme une archéologue du temps. La cité antique lui faisait face. Des échappées de lumière dans les bâtiments, puissantes dentelles de ruines que Léna ranima d'une pléiade d'existences. Quelle beauté ! Rien à voir avec ses cours de licence de 18 heures à 20 heures, dans cet amphi au sous-sol éclairé par des néons brinquebalants. Sous un soleil de plomb, la pierre criait ses ruines, la terre se faisait cendre régénératrice. Soudain, un vent violent du Vésuve surprit les touristes. La poussière nimba le corps de Léna d'un voile opaque. Pendant quelques instants, Yvan la perdit des yeux :

« Léna ? » s'inquiéta-t-il face à la situation incongrue.

Il ne put répéter le prénom de sa compagne, sa bouche crissait de grains de sable. Il cracha ce qu'il put, retira ses lunettes, mais les remit aussitôt, aveuglé par ce déchaînement soudain. La voix d'Yvan parvint à peine à Léna. Son crâne était au bord de l'implosion, elle suffoquait. Un chapelet de nuées ardentes s'abattit sur elle.

Quelques minutes plus tard, Yvan la retrouva au sol, inerte. Le professeur lui accorda un soin tout particulier. Plus familier aux accrocs des vieilles pièces de monnaie qu'à la psyché des femmes, il mit cet évanouissement sur le compte de la forte chaleur de ce mois de juillet.

« Mais que t'est-il arrivé ? Tu vas bien ? Tiens, bois un peu, tu dois être déshydratée ! »

La jeune femme but, mais resta muette. Yvan ne lâcha plus sa main.

Le lendemain, à Pompéi, sa compagne lui échappa encore. Il la suivait des yeux, quand, au détour d'une ruelle, sa silhouette se volatilisa, comme happée dans une sculpture qu'on aurait évidée. Il la retrouva des heures plus tard, devant le temple d'Isis, hagarde. Mais quelle mouche l'avait piquée ?

De loin, Léna ressemblait à ces statues sacrées faites de marbre et de bois. Deux parties distinctes : le corps de l'étudiante se détachait de son esprit. Elle sursauta quand Yvan posa son bras sur ses épaules. Derrière eux, le Vésuve se dressait au milieu des nuages.

La journée, Léna restait mutique. Mais cette attitude n'affectait pas vraiment Yvan. Il redoubla même d'ardeur envers sa compagne : elle devenait un mystère à déchiffrer. Elle lui échappait, mais n'en devenait que plus désirable. Le soir seulement, en dehors des sites archéologiques, elle sortait de sa léthargie.

Parmi les ruines, Léna se sentait à sa place. Chez elle. Elle ne voyait pas vraiment les richesses antiques : des images de Tchernobyl se superposaient aux pierres de Pompéi. En foulant cette terre, elle se rapprochait des ruines de Pripiat, celles qu'elles avaient vues à travers l'écran de télévision. Les graffitis du gymnase de Pompéi lui rappelèrent l'inscription gravée sur le mur du terrain de handball à Pripiat : « Forts, courageux, habiles. » Combien de coureurs s'étaient entraînés à Pompéi ? Combien de collégiens avaient mis des buts dans la cage du gardien à Pripiat ?

Les deux villes étaient devenues malgré elles des lieux touristiques, des photographies figées d'un monde qui n'existe plus. Des ruines destinées à survivre aux générations. Léna regardait cette ville antique, autrefois ensevelie par les nuées ardentes du Vésuve et redécouverte au XVIIIe siècle. Elle les compara aux pluies de cendres radioactives qui eurent lieu après l'explosion nucléaire. Elle trouva un air de ressemblance entre le Vésuve et les tours de refroidissement de Tchernobyl. Elle regarda le volcan endormi. Jusqu'à quand serait-il inoffensif ?

36

Sorrente fut une bouffée d'air frais pour la jeune femme. Le givre du sorbet arrosé de *limoncello* lui redonna le sourire. Son esprit sembla revenir au présent. Léna ne parlait jamais de ses journées, et Yvan préférait se laisser porter par l'instant présent, et noyer son regard du côté de la vertigineuse Côte amalfitaine.

Comme à son habitude, Léna trempa son index dans la coupelle de glace. À la façon des enfants, elle lécha son doigt, et recommença l'opération jusqu'à ce que le verre devienne transparent. Le soleil hésitait encore à plonger tous ses rayons dans l'eau, et le ressac de la Méditerranée rejetait ses vagues d'une ivresse contenue. Yvan choisit ce moment pour interroger Léna. Demain, ils rentreraient et reprendraient leurs habitudes. Cette idée l'ennuyait.

« L'appartement de tes cousins est trop étroit… Et si tu venais habiter chez moi ? »

Léna pensa immédiatement aux milliers de livres chez Yvan. Elle y serait bien, à parfaire sa connaissance des mondes antiques. Et puis, ils partageaient les mêmes passions et les mêmes valeurs. Une ligne droite toute tracée qu'elle ne rejeta pas. Elle lui sourit en signe d'acquiescement. Yvan posa sa tête contre le cœur de Léna. Il fut ému de l'entendre battre aussi rapidement.

Il mit cela sur le compte de leur futur emménagement. Léna, les yeux dans le vague, repensait à ces ruines italiennes qui lui en rappelaient d'autres. Les noms de villes dansaient devant elle et tambourinaient dans ses veines.

Trois jours plus tard, à Paris, elle emménageait chez Yvan : elle sortit de ses cartons deux santons qu'elle disposa avec une solennité de vestale sur la table de chevet. Depuis ses treize ans, ces pénates protégeaient ses nuits comme le font les attrapeurs de rêves apaches. Si d'autres délaissaient leur peluche vers leurs dix ans, Léna n'avait jamais su se défaire de ses deux figurines, portail vers un autre temps. Yvan s'en amusa. Pour lui, les symboles étaient un outil scientifique : il les décortiquait sans jamais y mettre le moindre affect, au contraire de Léna qui en avait fait sa propre mythologie.

Yvan et Léna goûtèrent peu à la vie commune. Tout au plus deux lunes. Une occasion emporta la jeune femme vers d'autres terres. Une nouvelle année commençait, et ses études l'emmenèrent dans la fameuse vallée des Temples en Sicile, mais surtout vers l'île d'Ortygie, où une disciple d'Artémis avait été transformée en fontaine. Yvan viendrait la rejoindre certains week-ends, elle prendrait l'avion pour les fêtes et les vacances. Quitter la France ne lui faisait plus peur, comme un enfant qui se détache de ses parents, et qui ose enfin ses premiers pas. Léna était ce nouveau marcheur, galvanisé par cette liberté de découvrir par lui-même.

Yvan n'avait pu être là pour le départ, car une conférence l'en avait empêché. La mère de Léna avait pris le premier train de Cherbourg. Cela faisait presque un an qu'elles ne s'étaient pas vues. Devant la porte d'embarquement, la dernière accolade entre la maman et sa fille fut un peu plus longue que prévu. Elles n'étaient pas femmes à s'émouvoir facilement, mais chacune avait la fossette frémissante.

Léna regarda sa mère à la dérobée. Nathalie passait les années sans vieillir, elle possédait cette vitalité que d'autres perdaient avec l'âge. Désormais, elle occupait un poste de maire adjointe à Flamanville, au pôle culturel. Elle était la vibrante incarnation d'une expatriation réussie, et son port de tête résumait à lui seul sa joie de vivre.

Léna eut un dernier regard en arrière. Puis la France s'évanouit dans le manteau blanc des nuages. À la descente de l'avion, la chaleur assaillit Léna. Vingt-neuf degrés à l'ombre. Intérieurement, elle pria pour ne pas s'écrouler comme à Naples, même si le médecin l'avait rassurée par des analyses : c'était effectivement, comme l'avait dit Yvan, un coup de chaud. Elle n'avait pas le temps de visiter Palerme, le moteur d'une voiture l'appelait déjà. Dans deux heures, elle arriverait sur le site archéologique.

À Sélinonte, la beauté de la pierre abandonnée la surprit encore. Elle demanda au chauffeur de s'arrêter. Il coupa le moteur, le silence se fit. La nature était alors dénuée de tout artifice. Sans maquillage des hommes, son esthétique simple s'imposait. Les herbes folles dansèrent autour des mollets de Léna, comme ces animaux domestiques qui accueillent leur maître d'une joie mal contenue, et un vent fiévreux comme les bras d'un amant s'enroula autour de ses cheveux détachés.

L'infini pour horizon. Léna s'assit sur une pierre millénaire et contempla. L'homme était le grand absent de ces terres. La jeune femme noya son regard dans l'horizontalité de la terre. Par un effet de boomerang, l'abandon des lieux la plongea dans une contemplation. Léna, à l'état de nature, dépouillée de ses artifices, retrouva alors de vieilles émotions, percluses de timidité face à la pollution verticale des villes. Elle eut le même émerveillement que face à un corps nu désirable et qui nous fait lâcher prise. Les herbes folles riaient de la caresse du vent, et jaunissaient de plaisir sous ce soleil trop ardent. Léna se laissa imprégner par ce chant nouveau. Lointain tout d'abord, il se fit bientôt assourdissant. Elle prêta l'oreille, curieuse. Il se superposait aux autres. Il était d'une rare sensualité.

Du sirocco, ce vent subsaharien, montait une langue inconnue. Elle venait d'Afrique. Des hommes sur des galères. Ils fredonnaient la perte et leur âme meurtrie d'incompréhensions. Où que Léna aille, la nature se faisait puits, elle résonnait et lui lançait alors des brassées de symboles qu'elle ne déchiffrait pas encore. Mais ils étaient là et ne demandaient qu'à grandir. Un soir, sur le site de Sélinonte, un étudiant-archéologue raconta autour d'un feu de camp improvisé sa rencontre déterminante avec un griot en Afrique.

Il leur demanda d'imaginer la nuit, les étoiles et les ombres projetées, l'assemblée autour du conteur. Les percussions rythmaient le récit de ses notes frappées. La magie de la transmission orale. La magie tout court. Ce soir-là, l'étudiant faisait voyager un conte venu du continent africain. Autour du feu, il reproduisait la tradition antique des chants oraux : ils passent de bouche en bouche et permettent aux hommes de trouver un sens à la vie.

« Connaissez-vous l'histoire des fils du Vent ? » chuchota l'étudiant de sa voix grave.

Tout autour de lui, les autres redevenaient des enfants, ils ouvraient grand leurs yeux comme pour mieux entendre sa voix chaude. L'étudiant avait pour chacun un regard qui les ensorcelait immédiatement.

Seul le feu osait crépiter et donnait une saveur sacrée à ce rendez-vous nocturne.

« Le Vent était fourbu. Il revenait harassé, vieilli presque, du travail accompli. Des eaux charriées, des saisons bousculées, les grains à emporter de foyer en foyer, le printemps à charmer de son souffle pour qu'il revienne. Le dur labeur sempiternel du vent. Ce soir-là, le dieu venteux regardait ce village de pêcheurs. Une fois les filets remontés dans les barques, ils vendaient leur récolte sur le port.

Les cris des marchands se confondaient avec ceux des enfants. Le soleil se couchait, les collines prenaient des teintes bleues, les oiseaux volaient d'un rire joyeux. D'un coup, le Vent fut las. Il contempla ce tableau. Les quelques minutes se transformèrent en heures. Le Vent s'était assoupi, repu par ce moment. Il fut réveillé par le rire d'une jeune fille. Il ouvrit un œil, puis les deux : le contre-jour agrandissait ses jambes, elle ressemblait à une géante.

"Sais-tu que tu es belle ?

– Non, personne encore ne me l'a dit."

Le Vent jouait avec les cheveux de la jeune fille. Elle sourit et le Vent crut que le Soleil venait de s'incarner sur terre.

"Mais qui te murmure à l'oreille qu'il t'aime, alors ?

– La vieille du village m'a prédit qu'un homme viendrait d'ailleurs.

– Quel est son nom ? Le connais-tu déjà ?"

Alors la jeune fille demanda son nom au Vent. »

Léna n'entendit pas la fin de l'histoire. Jamais elle ne sut que le Vent et la jeune fille eurent trois enfants. Elle s'était éloignée du feu quand dans le creux de son oreille, le sirocco lui avait murmuré un nom qu'elle connaissait. Ivan, son ami d'enfance revenait inlassablement dans ses pensées. Elle s'acharnait à l'enfouir, elle qui paradoxalement passait ses journées à déterrer des objets. Face au ressac lent de la mer, elle pleura. L'amnésie était sa terre de résilience.

À Sélinonte, elle devint la fille du pays. Comme si elle avait toujours vécu ici. Elle foulait cette région comme une autochtone, et le sol le lui rendait bien. Les autres étudiants s'amusaient des trésors que la terre lui rendait. Chaque semaine, elle mettait à jour une nouvelle relique. Elle ne se sentait pas chez elle, mais la chaleur du soleil balayait ses pensées mélancoliques. Sur cette île remontaient des chants chthoniens, elle y était bien.

37

Les journées d'Yvan se ressemblaient. Parfois, à l'université, il lui semblait voir la silhouette de Léna au détour d'un couloir. Leur appartement était rempli de son absence. Quand il ouvrait la penderie, son parfum sucré le rendait mélancolique. Il s'impatientait.

Aussi, au terme de cette année, il fut soulagé de la voir revenir chez lui, dans leur berceau parisien. Elle avait de belles couleurs et avait gardé son sourire, il rangea ses pièces dans les tiroirs de son bureau. Dans sa besace, elle rapportait de multiples anecdotes qu'elle se plaisait à raconter sur le chemin du retour. Elle était volubile, les doutes d'Yvan s'éclipsèrent.

Le soir, ils avaient prévu de fêter son retour avec Claude, un caviste, mais surtout un ami d'enfance d'Yvan. Alors qu'il était toujours au magasin, il appela Léna :

« Quelle année pour ton bourgogne, ce soir ? »

Sans réfléchir, Léna dit dans un souffle si ténu que Claude dut lui faire répéter :

« 1986.

– Mais enfin, tu n'y connais vraiment rien en vin ! C'est une année noire pour les vins ! Alors, je te laisse choisir, soit un bourgogne de 1985, soit un bordeaux de 1987. Mais définitivement non pour 1986. Même à mon pire ennemi, je ne ferais pas boire cette année ! Bon, je t'apporte les deux, tu choisiras sur place ! »

Il raccrocha. Yvan retrouva Léna à la fenêtre de la cuisine, perdue dans ses pensées.

« Sais-tu que les vins de 1986 ne sont pas bons ? Se peut-il que la terre sache ? Que le vin porte une trace ? Si loin de Tchernobyl ? En France ? Là, sous nos pieds, des ramifications souterraines ? De nos yeux d'hommes, nous ne percevons pas ces secousses telluriques, mais la terre est un tout, elle ne possède pas ces frontières artificielles. La blessure d'un pays se répercute sur un autre. C'est une guerre mondiale, rampante, dont nous ne connaissons pas tous les dommages collatéraux. »

La gorge sèche, elle se fit couler un verre d'eau qu'elle but d'un trait. Puis, les yeux toujours ailleurs, elle reprit, comme une comédienne qui récite son monologue :

« Chaque jour, alors que je m'efforce de vivre le présent, d'oublier le passé, 1986 revient inconsciemment. Cette année me hante, chaque fois plus forte. Une terre peut-elle pardonner d'avoir été oubliée ? »

Léna pleurait. Yvan baissa les mains qu'il s'apprêtait à poser sur ses épaules, souffla, puis changea la conversation comme d'autres détournent des fleuves.

« Je t'ai pris plein d'antipasti pour ce soir. Cela te rappellera l'Italie. »

Il sortit de la pièce sans un regard.

Les années passèrent, Léna devint un derviche tourneur : elle s'étourdissait comme d'autres s'enivrent. Devenue à son tour professeure à la Sorbonne, elle alternait cours et recherches. Les gens la sollicitaient. Elle posait un regard magnétique sur les choses. Comme elle était souvent partie, Yvan la surnommait ironiquement

« la Reine des aéroports ». Il s'attristait de ne jamais la voir ; elle se sentait incomprise.

Aux cinquante-cinq ans de son père, Léna vint seule. Yvan était à un congrès de numismatique. Tandis qu'elle et Nathalie préparaient l'apéritif, cette dernière lui posa quelques questions :

« Je ne te comprends pas, Léna, tu as tout pour être heureuse.

– Je le sais bien, maman. Je n'y arrive pas. J'ai cherché à comprendre, tu sais, et je me lève chaque jour en me disant que tout changera, que j'arriverai à accueillir ce qu'Yvan me donne. Mais je n'y arrive pas.

– Mais enfin, Léna, regarde ta vie ! Tu as un homme qui t'aime, un boulot qui te passionne, une famille aimante, une santé de fer ! Que veux-tu de plus ? »

Nathalie avait parlé un peu trop fort. Zenka entra et posa une main douce sur celles de Léna. La jeune femme baissa la tête, vaincue par les arguments de sa mère. Elle se comportait comme une enfant capricieuse. Pourtant, elle sentait bien en elle qu'une pièce du puzzle manquait.

Elle avait tout, mais elle était dénuée de l'essentiel. Sa quête du Graal était un puits, dans lequel elle se mirait en vain chaque matin. Elle se haïssait un peu plus chaque semaine, surtout quand Yvan glissait, avec la grâce d'un amour naissant, sa rose rouge dans le vase du salon. Huit ans qu'il répétait ce geste sans aucune lassitude.

Léna s'agaçait de le voir aussi heureux. Un rien le comblait, tandis que pour elle l'amour était une descente programmée aux Enfers. Alors qu'Orphée était prêt à affronter les Enfers pour récupérer son Eurydice, l'amour de Léna s'étiolait d'année en année. Il ne lui restait qu'une molle tendresse. Quand elle discutait avec Armelle, elle comparait son appartement parisien à une cage dorée.

À l'âge où ses amies parlaient d'un enfant à venir, de son côté, elle ne pouvait guère prévoir ses vacances de l'été prochain. Entre eux deux, il n'était jamais question de mariage. Léna aurait voulu parler davantage à sa mère de son asphyxie, de cet étau qui la prenait à la gorge chaque fois qu'elle pensait au mariage, mais sa mère l'aurait qualifiée d'enfant, et elle n'aurait pas eu tort.

Léna se tut. Comme elle s'était tue à ses treize ans, quand son père lui avait annoncé la mort d'Ivan. Toutefois, à trente ans, le langage du corps prit le dessus. La gorge de Léna s'assécha vraiment, son ventre se creusa, la nausée la prit. Elle perdit trois kilos en un mois. Au repas de Noël 2003, Léna ne mangea ni ne but. Le haut-le-cœur l'accaparait sans discontinuer.

« As-tu fait un test de grossesse, Léna ? »

La joie se lisait sur le visage de Nathalie. Le plateau de fruits de mer glissa des mains de Léna, et se renversa sur Yvan. Un silence s'ensuivit. Ce soir-là, sous la couette, la jeune femme se prit au jeu de sa maman et évoqua le prénom d'un enfant hypothétique. Elle pouvait toujours en parler, à défaut d'y croire.

« Si c'est une fille, nous l'appellerons Maia. »

Yvan éclata de rire.

« Maya, comme l'abeille ? C'est une plaisanterie ? Tu as vraiment de drôles d'idées. »

Léna eut beau lui expliquer l'origine slave du prénom, le mal était fait. L'abîme qui les séparait prit la teinte du glas. En cette veille de Noël, elle comprit qu'avec Yvan elle perdait ses origines une seconde fois.

Chaque dimanche, Léna avait pris l'habitude de courir avec sa cousine Roxelane. Elles allaient au bois de Vincennes et terminaient leur parcours face au lac.

Elles s'asseyaient, parlaient des études de Roxelane et lançaient du pain aux canards. Un jour, Léna se perdit. Sa cousine courait plus vite qu'elle. Face à Léna, s'offraient deux chemins. Lequel prendre pour arriver au lac ? Elle s'arrêta. Elle venait de saisir à rebours la symbolique du Y, « Yvan » avec un « Y ». Elle comprit que cette lettre était le symbole graphique d'un choix douloureux : la branche de droite ou celle de gauche ? Elle aurait tant aimé suivre la route de son enfance, droite comme le « I » d'« Ivan », ponctuée par son point d'orgue naturel et puissant : leur mariage. Léna repensa à Mme Petitpas, à la lettre A et sa tête de taureau. Pourquoi n'avait-elle pas saisi plus tôt la symbolique du I d'Ivan ? Encore sous le coup de l'émotion, Léna rejoignit sa cousine en empruntant le chemin de gauche. Quand Léna rentra chez elle, Yvan avait invité des collègues. Du couloir, elle entendit leurs rires : elle s'approcha et, à travers la porte entrebâillée, elle aperçut Yvan au milieu d'un cercle. Les regards de ses invités étaient tous tournés vers lui : il exerçait une fascination chez les autres. Léna s'en étonna puis eut un sourire triste. Doucement, elle ferma la porte. Il est des murs invisibles aux yeux des hommes, mais le cœur sait. Entre Léna et Yvan, il ne fut plus jamais question de mariage.

Quelques semaines plus tard, Léna revint un soir tout essoufflée. Elle posa un énorme sac dans le couloir. Puis, elle s'agenouilla et en sortit une martre empaillée. Léna caressa son museau, et la posa sur la table du salon. Yvan poussa un cri d'effroi :

« Qu'est-ce que c'est que cette horreur ? »

Léna le fixa quelques secondes d'un regard oblique.

« C'est une fouine. Avant de rentrer, je suis passée devant la vitrine d'un taxidermiste. L'animal m'attendait : il me rappelle tellement mon enfance. »

Puis, elle enfonça le clou, en fixant Yvan :

« La fouine est pleine. Regarde, cela se voit à son ventre rebondi. Le taxidermiste a reproduit à merveille le bombé. »

Perdue dans ses pensées, à la recherche d'un symbole qui lui échappait, elle caressait sa queue. Dans ses yeux se miroitait le soleil d'un après-midi dans le parc avec Ivan. Allongés à côté du vieux hêtre, cela faisait des heures qu'ils attendaient l'arrivée de l'animal. Ivan était formel : « C'est une *Martes foina kozlovi*. En plus, elle est pleine, son ventre est enflé. »

Entre Léna et Yvan, rien ne s'arrangea. Personne ne trouvait sa place. Léna quitta Yvan fin avril, non sans avoir retourné le dilemme dans tous les sens.

Quand il claqua la porte, elle appela sans attendre son amie Armelle. Sa voix douce la cueillit, elle l'invita à passer quelques jours chez elle, en Écosse. Léna faillit ne jamais partir. Au moment de faire ses bagages, il lui manquait un de ses deux santons. Elle défit les draps, mit à terre le linge plié sur la commode. Un des santons restait introuvable. Yvan l'avait-il pris avec lui ? Par mégarde, vengeance, jalousie ? Elle se retint de l'appeler pour le lui demander, s'assit au milieu des vêtements épars et pleura.

Son arrivée à Édimbourg la consola. Le bonheur d'Armelle rejaillissait sur elle. Deux petites filles rousses gambadaient entre ses jambes. Des jumelles nées un 21 juin, il n'en fallait pas plus pour rendre son amie comblée.

Le dernier jour, Armelle lui fit découvrir le château. Les petites étaient avec leur père, elles avaient quelques heures rien qu'à elles. Avec la fougue des enfants, elles grimpèrent sur les remparts. En haut, leurs rires se perdirent dans la brume des alentours. Dans la *crown room*, posée sur son drap de velours bleu, la pierre du destin frappa Léna. Armelle s'approcha de son amie et chantonna en gaélique :

« *À' Chlach a chaidh a dhìth oirnnAir faighinn às an ìnean*
'S gu deimhinne, ma thill i
Tha 'n nì sin gu math. »
« *La pierre qui nous a été enlevée, arrachée de leurs mains, elle est de retour, c'est une très bonne chose.* »

« Le *Lia Fáil* est une pierre magique. Elle servait au couronnement des rois, avant de nous être volée en 1296. Le symbole de la royauté écossaise fut placé dans l'abbaye de Westminster, il matérialisait la domination anglaise sur notre pays. Sept cents ans après, en 1996, le gouvernement britannique décida de nous la rétrocéder. La pierre est de retour, après un long exil. »

Le soir, au restaurant, Léna se confia à Armelle. Sa récente rupture, ses doutes et ses désirs.

« Léna, l'Ukraine t'appelle inlassablement. Tu y es attachée. Ne lutte pas contre toi-même. Souvent, nous sommes notre meilleur ennemi ; crois-moi, je suis bien placée pour le savoir. Il serait temps de t'écouter. »

Son amie lui tendit un crayon. Son bois était lisse et glissait dans la paume de Léna.

« Il est temps d'écrire à Ivan, de remettre en cause les paroles de ton père. Personne ne sait s'il est mort ou en vie. »

Puis, elle chuchota :

« J'ai autre chose pour toi. »

De sa poche, sortit du papier de soie vert. L'écrin laissa entrevoir une figurine en bois, une réplique de son santon perdu.

« Je l'ai sculpté dans du bois de coudrier. Il a sans doute des défauts, et ce n'est pas une copie exacte de l'autre. »

Léna resta muette de joie. Elle comprit en même temps la générosité d'Armelle et son attachement toujours vivace à Ivan. Quand Armelle la serra dans ses bras, Léna se demanda ce qui la rendait heureuse. La douceur des bras de son amie lui en rappela une autre. Celle du 26 avril 1986, juste avant son départ pour la France. Quand Armelle lui déposa un baiser sur sa pommette gauche, Léna sut ce qu'elle devait faire. Le soir même, avec son crayon, elle traça sur une feuille blanche des arabesques cyrilliques. Les ombres de la nuit l'accompagnèrent.

38

Édimbourg, le 20 mai 2005

Ivan,

Ce soir, j'ai envie de t'écrire. Cette lettre ne partira jamais, mais j'ai besoin de poser quelques mots.

J'ai lutté en vain contre mon passé. J'ai cru, pendant tout ce temps, que l'enfouir me permettrait de t'oublier. Mais pour t'oublier, il eût fallu que je m'oublie moi-même. J'ai écouté d'autres voix, et je les ai faites miennes. Je t'ai cru mort sans aucune preuve, et pourtant une voix ne cesse de me chuchoter ton prénom.

Aujourd'hui, je sais que cette voix, c'est la mienne. Hier soir, après avoir regardé la famille d'Armelle, j'ai pleuré sur mon corps sec, sur ma fuite en avant. De nous deux, c'est moi la morte. J'ai oublié d'où je venais, comment pourrais-je savoir où aller ?

Ce soir, la force des lâches me retient encore. Mais, à travers ces mots que j'écris, je reconstruis un pont que je retraverserai un jour. Je reviendrai chez moi.

À bientôt, Ivan.

Par-dessus tous les temps,

Léna

39

Sept mois plus tard, un colloque universitaire la mena en Roumanie. Quand elle arriva à Iasi, près de la frontière moldave, l'architecture communiste la marqua : l'austérité des bâtiments lui rappela Pripiat. Le soir, elle délaissa ses deux collègues pour déambuler dans les rues. Elle retrouvait des odeurs qu'elle pensait avoir oubliées. La nuit, ses rêves prirent le chemin de son enfance. Quand elle assista le lendemain à une conférence sur les « monastères bleus », son cœur s'accéléra. Elle déchira une feuille de papier et écrivit ces mots, qu'elle passa à sa collègue de gauche :

« Je reste en Roumanie, rentrez sans moi. »

À l'hôtel, elle demanda où elle pouvait louer une voiture. Deux heures plus tard, elle partait au nord, vers les monastères bleus. La région avait subi des morcellements, des guerres l'avaient divisée, mais la forêt de sapins s'élevait toujours, majestueuse, impassible aux velléités éphémères des hommes. Léna choisit de s'arrêter à Voronet.

L'hôtel surplombait la vallée, mais elle ne vit rien : la nuit tombait rapidement en hiver. Elle profita de l'âtre de la cheminée. À la table voisine, quelques touristes sauçaient leurs assiettes, ils étaient français eux aussi. L'un d'eux engagea la conversation avec Léna :

« Quelle coïncidence ! Retrouver une Française sur ces terres reculées ! Les énigmatiques fresques bleues du monastère attirent pas mal de monde. Savez-vous que personne, à l'heure actuelle, n'a réussi à reproduire la même teinte ? Si jamais cela vous tente, nous partons faire un tour en calèche demain matin. Joignez-vous à nous ! »

Les flammes de la cheminée léchaient le visage de Léna, et donnaient des teintes changeantes à ses yeux.

« Avec plaisir. Vous m'en direz davantage sur ce fameux pigment. »

Le lendemain à l'aube, la gérante trouva Léna dans le rocking-chair, devant la baie vitrée constellée de givre : elle se balançait sans rien dire, face à la montagne. La neige était tombée durant la nuit et avait tricoté un manteau d'alpaga. Les arbres nus attendaient le printemps pour accueillir de nouveau des couples de merles et leurs nids.

Quelques heures plus tard, emmitouflée sous plusieurs couches de vêtements, Léna s'assit dans la calèche. Un garçon s'assit à ses côtés. Ils rirent de la brume qui montait de ses naseaux. Bientôt, ils se mirent en route. Le martèlement des sabots sur la route les berçait. L'air des Carpates emplissait la poitrine de Léna. L'enfant lui demanda alors ce que signifiait cette marque. De son index, il pointait le sillon entre ses sourcils.

« L'inquiétude, mon enfant. Le poids des armes qu'on a laissées derrière soi, la fatigue de s'être trop battue, d'avoir trop aimé, d'avoir déjà quitté. »

L'enfant la regarda étrangement : il n'avait rien compris. Le cheval s'arrêta, la température extérieure avoisinait zéro. Léna était frigorifiée, les multiples couches n'étaient pas suffisantes. Le petit sauta de la carriole et rejoignit son père, qui attachait la jument. Léna leva les yeux vers le soleil qui disparaissait derrière les montagnes : il lui aurait suffi de les traverser pour revenir chez elle en Ukraine.

Au loin roula le tonnerre. Il déchira soudain le ciel de sa colère, telle une amante déçue de n'être plus caressée. Le roulement du ciel se faisait ténor au milieu de ce camaïeu de blancs. Léna descendit de la carriole. Derrière elle, à quelques kilomètres, une frontière qu'elle ne franchirait pas. Elle se fit la promesse silencieuse d'un prochain retour dans son pays natal. Elle était devenue une femme libre et indépendante. Les prophéties de son père pouvaient terrifier la fillette, pas la trentenaire. Pour le moment, elle laisserait l'ombre des Carpates dans son dos : elle était encore une lâche au cœur vaincu. Elle rejoignit les autres, et prit la main de cet enfant qu'elle ne connaissait que peu. Elle la serra un peu plus qu'il n'était nécessaire. L'enfant lui rendit d'une caresse le courage qui lui manquait.

Le soir même, elle reçut un message décisif.

40

Carnet de bord d'Ivan, 26 avril 2006

« La fente de timidité »

Hier, je me suis baladé en forêt. Je remettais mes pas dans ceux de mon père, mes semelles glissaient sur cette terre boueuse, jamais je n'ai perdu l'équilibre.

Le dimanche, il m'emmenait dans sa forêt. Quand venait l'hiver, nous emportions avec nous une odeur de cannelle et de pain d'épices. Ma mère refermait la porte et nous regardait partir. Son sourire faisait des nuages éphémères sur le carreau. L'enseignement de mon père était sculpté dans la boue et le givre. Dans la forêt, j'étais à ma place. Mes sens ont toujours eu besoin d'espace pour s'épanouir : le craquellement de l'hiver sous mes semelles, la moisissure de l'automne qui prend place dans mes poumons, le pollen qui se mélange à la brume matinale.

Un matin, mon père s'est assis sur un tronc d'arbre. La dernière tempête avait déraciné un vieux chêne, ses racines à l'air libre grouillaient d'insectes. J'ai soudain pris conscience que mon père devenait vieux, il avait besoin de reprendre son souffle. Il a masqué son trouble en tapotant le tronc d'arbre : il m'invitait à côté de lui.

« Зóлото. »

« Trésor » : ce mot ouvrait la porte des savoirs.

« Зóлото, qu'entends-tu autour de toi ?
– Rien.
– Ne réponds pas aussi vite. Prends le temps d'écouter. »

Alors j'ai écouté le silence. Le bruissement des feuilles, l'eau du torrent en contrebas, les pas de notre chien qui chassait des rongeurs imaginaires, la vibration de la toile d'araignée. J'ai levé la tête pour suivre le vol d'une pie et ai vu un étrange phénomène.

Les feuilles des arbres ne se mélangeaient pas. La lumière passait au travers comme la dentelle des rideaux de la cuisine. Mon père a suivi mon regard, et a baissé sa voix. Il me chuchotait un de ses secrets :

« Tu vois, c'est ce qu'on appelle "la fente de timidité". Les arbres ne se touchent pas. Ils se regardent de loin, mais ils gardent leur distance. Ce n'est pas de la méfiance, mais du respect. La nature sait ce qui doit être. Les feuilles ne s'étouffent pas entre elles, tout le monde a sa place, de façon harmonieuse. Ni domination ni soumission. La nature enseigne tout à celui qui la regarde vraiment. »

À cet instant, le regard de mon père dit tout.

Hier, je me suis posé sur un tronc moi aussi. J'avais le souffle court. J'ai écouté la nature, puis l'ai regardée. À côté, la place était vide, mais les bruits d'autrefois se sont emparés de moi. La nature s'habille toujours des mêmes notes, seul l'homme grandit, puis vieillit.

Ce soir, je regarde mon carnet. Lui aussi traverse les ans. Mes croquis d'adolescent ont laissé place au trait plus assuré de l'adulte. Les pages tournent sous mes doigts, je feuillette les ans, je souris. Quelques secondes, je me rembrunis. Qui regardera mes dessins ? Les copeaux de mon crayon tombent silencieusement sur le coin de la table, leur guirlande de bois me divertit un temps.

J'écris, je dessine, je remplis le vide. Le silence de la forêt est mon seul ami. Soudain, par ricochet, je pense à Léna, à notre timidité puérile, à mes doigts sur sa joue, le dernier jour. Un arceau électrise mes phalanges, une goutte tombe sur le croquis et se déploie en rigole mélancolique. L'aurais-je caressée autrement, si j'avais su que c'était la dernière fois ? Ce soir, j'ai envie de tout jeter. Mon carnet, mes croquis. Je crève de solitude et crache sur cette fente de timidité. Ce soir, la chaleur d'une peau me manque. Les yeux noirs de la fouine dessinée sur ce carnet sont les seuls que je verrai ce soir.

41

Sa mère venait de l'appeler : sa voix avait surpris Léna. Sur le répondeur, Nathalie parlait ukrainien. Il y avait presque vingt ans qu'elle n'avait pas entendu cette langue dans la bouche de sa mère. Ses paroles lui firent l'effet d'une malle remisée au grenier et soudain entrebâillée. Sur le message, elle disait que Zenka était morte dans la nuit.

Quelques heures plus tard, le temps de ne plus pleurer, elle rappela sa mère. Il était tard, mais Nathalie ne devait pas dormir. Léna reprit naturellement cette langue qui était la leur. Elle ne put que lui bégayer :

« J'arriverai demain. »

Suivi d'un silence qui étouffe.

Ce soir-là, elle redevint une enfant : entre ses lèvres s'échappa une berceuse oubliée. Elle repensa subitement à Armelle. Elle aurait aimé entendre sa voix. Alors elle fit leur rituel initié au lycée : elle alluma des bougies qu'elle avait trouvées au bar de l'hôtel, puis elle se mit au centre du cercle.

La lueur des flammes léchait la peau blanche de Léna. Elle sentit presque la présence amie, malgré les kilomètres qui les séparaient. Elle déploya un tapis imaginaire, paumes sur les genoux, mains tournées vers le ciel. Bientôt, elle en ressentit les fils : elle les soupesait dans chacune de ses mains, mais tous étaient un rameau vers sa grand-mère.

Là, sur sa main gauche, se déployaient le parc de son enfance et ses arbres séculaires, le cheval en bois à la singulière tête d'âne, la tractopelle d'Ivan, les yeux gris de son grand-père. Il y avait aussi ses courses vaines à attraper des libellules que Léna appelait « mes fées », sans oublier les champs gonflés de corneilles affamées de graines, que la terre noire ukrainienne magnifiait.

Sur sa main droite, les heures passées à écouter les histoires de sa grand-mère. Elle avait la grâce d'un conteur : de ses mots, elle portait sur le monde le regard candide d'un enfant et le remettait à nu.

Léna sourit : les Parques pouvaient avoir coupé le fil de vie de Zenka, il en restait à jamais des milliers d'autres dans les paumes de Léna. Le seul chaînon manquant était ce voyage qu'elles auraient dû faire sur leur terre natale. Les deux femmes l'avaient évoqué lorsque Léna était encore étudiante.

« L'homme est étrange, avait marmonné sa grand-mère. Seul l'éloignement lui fait prendre conscience de la beauté des choses. De l'Ukraine je ne voulais pas garder l'effroi des dernières heures. Alors je l'ai enfantée d'une nouvelle mythologie. Je n'ai cessé de broder de nouvelles histoires en te les racontant soir après soir. Au fil des pages de mon livre imaginaire, l'Ukraine s'est effacée au profit de ces nouvelles couleurs que je t'avais transmises. Mais aujourd'hui, vois-tu, j'ai peur de me mesurer au monde, car mes peintures ne sont pas la réalité. Et si je n'aimais plus mon pays ? »

Sa grand-mère était cette exilée, perdue entre deux limbes, tiraillée par un âge d'or perdu. Zenka n'était jamais retournée en Ukraine, et son corps reposerait en France.

Dès le lendemain, Léna prit le premier vol pour Paris. Elle arriva à Vauville dans la soirée. Le corps de Zenka reposait dans sa chambre, mais ce n'était plus sa grand-mère : elle ressemblait à une petite poupée maquillée. Elle toucha une dernière fois ses mains. Le froid la saisit.

Le lendemain, à l'enterrement, tandis que les brumes de l'encens se mêlaient aux couleurs chaudes des vitraux, Léna posa sa main sur le bras de sa mère. Léna dormit ce soir-là dans sa chambre d'enfant. Sa mère toqua à la porte, puis entra :

« J'ai retrouvé ce carnet dans la chambre de Zenka, je crois qu'il te revient. »

Un échange de silence entre les deux femmes, puis Nathalie lui remit ce livre au goût de cendres. Léna fut étonnée : il avait l'allure d'un grimoire. Sur la couverture, des ombres faites de cuir et de métal ; Léna leur trouva une ressemblance avec ces heurtoirs qui ornent les portes d'église. Symboliquement, elle fit un anneau entre son pouce et son index : par ce geste, elle venait de demander asile. Le soir, elle ouvrit ces arabesques cyrilliques et y plongea de toute sa hauteur.

42

2 décembre 2005

Lioussenka, connais-tu la différence entre un enfant et un adulte ? Peut-on sur un axe temporel pointer du doigt cet instant t où l'on bascule ? Je t'observe depuis toujours, ma petite, et je saisis à ton regard qu'il te manque des explications, le vide creuse chaque jour tes belles pommettes. Aussi ai-je pris la décision de te raconter une dernière histoire.

Fais comme d'habitude, dévore-moi de tes grands yeux noirs. Le souvenir de ton sourire me donnera la force de témoigner.

Rappelle-toi, tu étais encore lycéenne. Un soir, quand tu es revenue à la maison, tu avais les joues rouges. Tu n'osais plus me regarder, mais avant d'aller te coucher, prise d'une audace soudaine, tu as lancé une bouteille à la mer :

« Que sais-tu de la famine en Ukraine des années 1930 ? »

De surprise, j'ai laissé tomber ma tasse. Les morceaux se sont éparpillés sur le parquet. Le thé entrait dans les lattes et s'étendait, inexorablement. Nous avons essuyé les dégâts en silence. Puis, je t'avais demandé de répéter, un peu comme font les politiciens pour gagner du temps et préparer leur sortie. J'ai choisi d'éluder, de fermer la porte à toute discussion.

« Mais de quoi parles-tu ? Non, je ne sais rien. »

Ton éducation t'a rendue muette, et j'ai ma part de responsabilité.

Comme d'habitude, les adultes n'ont pas su te répondre avec franchise : là où l'enfant veut connaître la vérité, l'adulte feint, car il a peur de faire mal. Aussi, grâce à ce témoignage que tu tiens entre tes mains, nous allons toutes les deux, si tu veux, tutoyer la vérité et redevenir des enfants.

Comme tu le sais, je suis née en 1919 : le retour de mon père de la Première Guerre mondiale, puis ma naissance neuf mois plus tard, tout s'est enchaîné à la vitesse de la vie.

Mais je ne suis pas née à Kiev : je t'ai toujours menti.

Ternopil a vu mes premiers pas. Si tu étais un peintre, tu prendrais des verts Véronèse et des jaunes rayonnants pour représenter cette terre de Galicie, à l'ouest de l'Ukraine. Je n'ai jamais vraiment connu mon père, emporté par un mal inconnu, mais mes deux frères travaillaient pour nourrir toute la famille. Mykola avait trouvé une place au kolkhoze, Bohdan dans l'usine de métallurgie. Nous n'étions pas à plaindre. J'étais la plus jeune, la plus choyée, la plus aimée, et puis j'étais une fille, celle qu'on devait préserver.

Au départ, ce ne fut qu'un murmure lointain : il n'y avait plus de blé, les « balais rouges », comme on les appelait, le réquisitionnaient et fouillaient les maisons. L'Ukraine était apparemment un pays de rebelles que Staline, en pleine phase d'industrialisation, voulait contenir, nous disait-on à l'école. Le miracle de l'enfant est toujours de s'en remettre à l'adulte. Si nos dirigeants le pensaient, cela devait être vrai.

Les repas devinrent vite plus frugaux, mais grâce à mes deux frères, nous fûmes les moins touchés : travailler au kolkhoze permettait d'être bien vu, d'être intégré dans les rangs et de moins subir le blâme. Un soir, sur le chemin de l'école, la milice interrogea mon amie d'enfance Ludmilla.

« Où ton père cache-t-il le blé ? »

C'était la première fois que je voyais un rictus de haine sur un visage. Je ne comprenais pas pourquoi une question était accompagnée de cette brutalité. J'avais croisé plusieurs fois cet homme au marché, mais ce jour-là je le reconnus à peine. Jamais, je n'oublierai ses fentes grises qui disent le mépris. Plus de soixante-dix ans plus tard, j'en rêve encore.

Bientôt, le blé manqua aussi à la maison, car il n'y en eut plus nulle part. Nos ventres grossirent. J'apprendrai plus tard que c'est le manque de protéines dans l'estomac. La malnutrition s'infiltre et nous laisse exsangues.

Par notre porte, la famine était aussi entrée dans nos vies. Le soir, j'entendais souvent mes frères et ma mère. Ils pensaient que le sommeil m'avait attrapée, mais il tardait à venir avec ce ventre qui se tordait dans tous les sens.

Ils parlaient de fuite, de loi qui interdisait de quitter le village. Ces discussions n'avançaient jamais, et au fil des semaines, elles devinrent des plaintes à peine étouffées. Je m'endormais avec des questions plein les oreilles, mais le lendemain, face au visage soucieux de ma mère, je me taisais comme tu l'as toujours fait, car l'enfant veille sur ses parents, et veut ingénument leur bonheur. Il scelle alors d'un vœu pieux les méduses d'énigmes qui lui envahissent le crâne.

La vie poursuivit son fil. Même si Mykola nous rapportait des rations plus conséquentes que ceux qui travaillaient dans les champs, cela ne suffisait pas à nous nourrir tous. Mes frères étaient deux grands gaillards qui fondaient un peu plus chaque jour. Ma mère, comme les autres femmes de la région, piocha alors dans ce que la nature leur donna.

Mes mains se souviennent encore des trèfles arrachés au sol, des feuilles de tilleul que je coupais sur l'escabeau. Le soir, dans une grande marmite, elle les faisait cuire pour former des galettes. La paille, elle aussi, servait de nourriture : elle était bouillie des heures afin d'être ramollie. Alors seulement, nous la mélangions à du sarrasin. Un jour, je me le rappelle encore, elle cacha dans ses tresses quelques grains de blé, qu'elle avait glanés au péril de sa vie.

L'hiver, tout nous manqua : je me souviens encore aujourd'hui que Mykola rapporta une fois un hérisson. Il en était tellement fier : il fallait voir nos yeux à ce moment-là. Il le plongea alors vivant dans une casserole d'eau chaude, seule technique trouvée pour lui retirer toutes ses épines. Nous étions tous les quatre, en chœur, autour de la casserole, et nous ne lâchions pas la bête du regard, de peur qu'elle ne s'échappe.

Je crois, malheureusement, que le chat et le chien de Ludmilla subirent le même sort, puisqu'un soir mon amie ne les retrouva plus. La faim enlève aux hommes leur humanité.

Un soir, alors que j'étais censée dormir, Mykola parla même d'une affiche communiste vue en ville : le mot d'ordre était qu'il était interdit de manger les enfants. Ingénument, je crus longtemps que mes oreilles m'avaient trompée : mon frère ne pouvait que parler d'un de ces contes destinés à faire peur aux petits.

Si seulement.

Lioussenka, comment imaginer un tel monde ? Comment raconter, plus tard, ces mois-là sans être prise pour une folle ? Ceux qui n'ont jamais vécu cela ne peuvent pas comprendre. Alors je me suis tue, comme d'autres l'ont fait aussi par la suite. Nous mettons tous des chapes de plomb sur l'inconcevable.

Même aujourd'hui, cette famine de 1932, « l'Holodomor », comme l'appellent les Ukrainiens, reste un sujet tabou. Selon les sources, on évalue les morts entre deux et dix millions. Un génocide fantôme qui promène toujours ses oripeaux sur l'Europe de l'Est. Mais mon propos n'est pas là, ce n'est pas par esprit de vengeance ou de rancune que j'écris mon histoire. Je te la confie pour que tu puisses te décharger d'un fardeau familial trop longtemps tenu secret.

La peur remplissait nos ventres gonflés de sang. Que ressentait ma mère quand elle ajustait son fichu à la nuit tombée et partait glaner des grains de blé ? Les dix ans de goulag qu'elle encourait pour ce méfait étaient sans doute une lourde épée de Damoclès.

Les racines des arbres et leurs écorces n'eurent plus de secrets pour nous : les plus juteuses, les moins amères, et celles à éviter. La nature restait un puissant vivier pour nos gueules noires d'affamés. Mon ventre gonflait toujours, tandis que mon corps ne retenait plus rien. Ma mère m'interdisait de sortir dans la rue, elle m'inventait mille et une corvées pour que je sois occupée dans la maison ou au jardin. En réalité, toutes mes forces m'avaient quittée et je n'avais guère l'envie de mettre le nez dehors.

Mais un jour, alors que je passais la tête par-dessus le muret, je vis l'inimaginable. Des cadavres jonchaient la route. J'aperçus un voisin. Il les déshabilla avec ce soin qu'on apporte aux bêtes, puis les jeta sur une carriole tirée par un cheval. Ils ressemblaient à des poupées de chiffon qu'on aurait oublié de remplir. Mon esprit ne comprit pas immédiatement ce que je voyais. Incapable de redescendre de mon promontoire, je vis les maisons ouvertes, les tranchées creusées pour jeter les corps dedans.

Avant le coucher, ma mère m'annonça mon départ, fixé au lendemain. Que penser ? Me punissait-elle d'avoir regardé par-dessus le muret ? À treize ans, nous connaissons mal l'impact de nos actes. Nous pensons que le point A va directement au point B. Tandis qu'elle me sauvait la vie, je pensais qu'elle me blâmait.

« Tu prendras le train demain pour te rendre chez ta tante Ludmilla à Kiev, elle t'attend. Ne prends aucune valise, les malhonnêtes sont nombreux sur le chemin, tu risquerais de te la faire voler. »

Comment ma famille a-t-elle pu m'obtenir ce billet de train ? Est-ce grâce à Mykola, Bohdan ou ma mère que j'ai quitté mon village ? Encore aujourd'hui, je ne peux te le dire. Je ne les revis jamais. Qui sait quel fut le prix de ma liberté.

Tu vois, Lioussenka, à treize ans, moi aussi, je suis partie de chez moi, pour n'y jamais revenir. À cette époque, en 1933, quitter une région revenait à quitter un pays. Avec ma seule tristesse comme valise, je suis arrivée à Kiev. Sur le quai m'attendait une inconnue, mais je l'ai reconnue à ses grands yeux noirs et à ses cheveux blonds, notre marque de fabrique familiale. J'ai eu du mal à me faire une place chez elle, non pas parce qu'elle ne m'en faisait pas, mais bien parce que j'étais décidée inconsciemment à ne pas prendre de place. Même si j'ai dû bousculer ses habitudes de vieille fille, jamais elle ne me reprocha quoi que ce soit.

Les jours se suivaient et se ressemblaient. Aucun mot ne sortait de ma bouche, puisque de toute façon à l'école on riait de mon accent campagnard. J'ai découvert très tôt un nouveau monde fait de routes pavées et d'édifices luxuriants.

J'ai grandi un temps à l'ombre de la magnificence de Kiev, puis j'ai décidé d'habiller de couleurs vives mes vêtements de fille de la campagne, et de redresser tête et épaules : rapidement je me fondis dans cette masse urbaine. La campagnarde n'existait plus. Je devins une citadine.

Ma tante Ludmilla ne m'a jamais reparlé de ma mère ou de mes frères. À Kiev, nous étions moins touchés par la famine, mais la crise était palpable. Nous essayions de survivre, et les émotions n'avaient que peu de place.

Chaque soir, je dédiais ma prière à ma famille, mais dans la journée je sauvais avant tout ma peau. À treize ans, je suis devenue une adulte malgré moi. Aussi, bien plus tard, quand j'ai donné naissance à ta mère, j'ai décidé de lui donner toutes les armes en ma possession. Inconsciemment, je l'ai élevée comme une guerrière, une amazone qui se relèverait quoi qu'il advienne. La mémoire porte ses cicatrices, l'exil faisait partie des miennes. Ne t'es-tu jamais demandé pourquoi toi et elle êtes si grandes ? Regarde-moi, regarde ton grand-père, nous ne flirtons pas avec la cime des arbres. En réalité, ta mère a été éduquée avec les mêmes armes que celles qu'on donne aux garçons. Si, par un malheureux hasard, la guerre ou la vermine s'abattaient de nouveau, elle devait avoir leur force, je l'ai nourrie comme eux.

Ta mère est devenue cette conquérante qui s'est relevée après la catastrophe. Son corps a replanté ses racines en France, et elle t'a élevée comme je l'avais fait : sans regarder en arrière. Ainsi se forgent les mythologies familiales.

Léna, ma toute petite, ce carnet arrive à sa fin. Tu sais tout de notre histoire. Ta mère a cessé de parler de l'Ukraine, elle s'est occidentalisée, parce qu'elle m'a imitée, moi, sa mère. Ne lui en veux pas. Toi aussi, jusqu'à présent, tu suis le même schéma.

Léna leva la tête. Son regard se perdit dans des souvenirs récents. Le hasard avait voulu qu'un collègue lui envoie la veille cet article écrit par une consœur professeure de psychologie. Il s'intitulait « De la transmission intergénérationnelle ». Il y était question de poids, d'angoisse, de secrets indicibles, de vies brisées par cette fatalité familiale. Les nouvelles générations pouvaient sans le savoir porter en elles des traumatismes passés. Ces réflexions avaient profondément ému Léna sans qu'elle sache vraiment trop pourquoi.

Elle reprit le carnet de sa grand-mère : les dernières phrases eurent le goût amer d'un adieu.

Romps cette fatalité qui est la nôtre, celle qu'on se crée à force d'y croire. Deviens la femme libre que tu as toujours été. Écoute-toi. L'exil n'est pas irréversible.

Zenka

43

Zenka accomplit dans la mort ce qu'elle avait tu de son vivant. Un petit miracle. Oser. Ne plus croire à la ligne droite. Prendre des chemins de traverse. S'écouter. Léna resplendissait. Un sourire s'accrocha à son visage. Intérieurement, elle se demandait pourquoi elle avait attendu si longtemps, alors que cette joie était si simple et accessible. Elle avait toujours porté cette évidence en elle. Dans son sac, elle transportait le carnet de sa grand-mère comme un talisman. Partir était devenu son leitmotiv. Sa mère lui proposa de faire le voyage avec elle, mais Léna repoussa cette idée d'une caresse sur sa main.

« Je dois y aller seule, maman. Pripiat m'a trop attendue. Jusqu'à présent, j'errais dans une forêt de symboles, sans en percevoir les signes. Aujourd'hui, je ne vois qu'eux. Ce n'est pas seulement un retour dans mon pays natal, c'est une prise de racines. »

Léna attendit quelques mois avant de partir : elle corrigea les partiels de janvier, entra des notes, prépara le second semestre, décala quelques heures de cours avec ses étudiants. Elle se libéra un maximum de jours au mois d'avril. Elle réussit, avec les vacances de Pâques, à avoir dix jours. C'était amplement suffisant.

Elle se renseigna aussi sur les formalités, et réserva un hôtel. Chaque geste la rapprochait du départ. Elle trépignait. Lors de soirées entre amis, son rire se faisait cathédral. Certains proches pensèrent même qu'elle était de nouveau amoureuse : elle rayonnait.

Elle partit le lundi 24 avril. Vingt ans jour pour jour qu'elle avait quitté son pays. Ce retour avait la fragilité d'une porcelaine. Léna et son pays s'apprivoiseraient comme lorsqu'on retrouve un compagnon que l'on n'a jamais cessé d'aimer.

Elle arriva comme prévu à Kiev, et le lendemain, elle montait dans ce bus pour se rendre à Pripiat. Cela faisait trente minutes que Léna parcourait la ville fantomatique de Pripiat. À trois kilomètres de la ligne d'horizon se détachaient les cheminées de Tchernobyl. Elles ressemblaient à deux tours d'une cathédrale.

À la descente du bus, juste après les barbelés, des pancartes blanches d'un côté, noires de l'autre accueillirent les étrangers de leur ruban mortuaire. Des inscriptions sans corps, sans âme. Léna repensa soudain aux *Âmes mortes* de Gogol, qu'elle n'avait jamais terminé. Face à sa ville, elle pensa à toutes ces âmes fantômes qui la peuplaient. La mémoire est étrange : il avait fallu que Léna revienne sur sa terre pour que cet oubli soit réparé. Dans les rues de la ville, le groupe s'était mis de lui-même en file indienne. De loin, ils s'apparentaient à un convoi funéraire. Lents, silencieux, têtes baissées : qui allaient-ils enterrer ?

Les entrelacs du lierre donnaient aux immeubles des airs postapocalyptiques, et le vent ne cessait de chanter à travers les carreaux brisés, avant de s'engouffrer dans les rues désertes. Des graffitis ornaient plusieurs bâtiments : chaque silhouette noire taguée sur les murs désarmait la ville de sa solitude. Ils étaient ses uniques habitants depuis vingt ans.

Léna entra dans son ancienne école avec effroi. Dans cette classe, le sol était jonché de cahiers ouverts et éventrés. Quelques jouets attendaient toujours que des paumes chaudes d'enfants les reprennent. Un peu plus loin, elle eut envie de mettre de l'ordre dans ces stylos poussiéreux, puis de remettre droite cette affiche jaunie. Elle laissa ses gestes en suspens. Dans cette brocante à ciel ouvert s'étalait sa vie d'antan.

Portail vers une époque déchue, le boulier des cours de mathématiques côtoyait avec la même grâce un trente-trois tours rayé : malgré la consigne de ne rien toucher, Léna ramassa un manuel d'histoire ; ironiquement, il partit en lambeaux sur le sol. Au gymnase cependant, le groupe se détendit, deux Allemands montèrent tour à tour sur une corde à nœuds qui se balançait dans le vide. Ils saluèrent leur prouesse comme des athlètes en compétition. L'effroi se lisait dans les yeux des spectateurs. Lorsqu'ils redescendirent, deux jeunes filles brunes eurent ce rire grinçant de mâchoires trop serrées. Combien de radiations sur cette corde qu'ils venaient de toucher ?

Léna s'impatienta, elle visitait son ancienne ville comme un monument dont on aurait oublié les morts. Iulia, la guide, les couvait du regard comme une louve. Personne ne devait la quitter des yeux, le danger est partout, invisible surtout. Elle fit promettre aux Allemands d'éviter de rejouer aux sportifs. Ils entrèrent dans ce qui avait été la piscine : le vent passait entre les carreaux et laissait entendre une mélodie démantibulée. Les rires des plongeurs avaient laissé place à une fosse asséchée. Même les Allemands ne riaient plus. Léna profita de la question d'un Polonais pour les abandonner. Elle resta en arrière, dans cette salle aux fenêtres évanouies. Bientôt, elle n'entendit que son souffle qui répondait à l'écho du vent.

Un rayon de soleil apparut et zébra la pièce. Son éclat pointait vers une porte : elle suivit ce fil d'Ariane inattendu. Il l'emmena sur la gauche, vers un couloir qui se dérobait aux regards. Là, elle arriva devant deux portes : laquelle choisir ? Il fallait qu'elle se dépêche, dès que Iulia s'apercevrait de son absence, elle la chercherait. Sur la porte de gauche, un graffiti représentait une fillette avec des couettes : sur la pointe des pieds, elle cherchait vainement à appuyer de son doigt sur un interrupteur. Léna choisit cette voie. Guidée par les tresses du destin, elle franchit le seuil.

Elle arriva dehors : un dédale de plantes apparut. Les racines soulevaient les plaques de béton, au milieu de la route s'élevaient des arbres. Au loin elle entendit des sabots. Elle se détourna et vit des élans. Ils peuplaient la zone, ils étaient libres et sans la menace des hommes. Elle passa bientôt devant l'ancien cinéma appelé « *Prométhée* ». L'ironie était terrible. Au sol, un échiquier de verdure la conduisit vers un endroit qu'elle reconnut alors : le parc.

Elle écarta les branches, son dosimètre ne s'affola pas, elle avança, sereine, vers un imbroglio de lianes. Le parc était plus petit que dans ses souvenirs, les arbres aussi avaient changé, ils s'étaient parés de nouvelles couleurs, plus vives, d'un rouge sang. La pierre grise des bancs s'était effacée au profit d'une mousse émeraude gorgée de radioactivité. Les chuchotis des feuilles remplaçaient le cri des enfants. Au passage de Léna, l'herbe se courba. Le chemin s'ouvrait devant elle, la nature lui montrait la voie. Alors, elle courut, prise d'un élan jailli de l'enfance, elle contourna les arbustes, sauta par-dessus les haies, et son rire remplit tout à coup l'espace.

Bientôt, elle reconnut tout, comme deux images superposées qui baptisent un dessein inéluctable. Elle ralentit, comme on le fait devant un roi : l'arbre était là. Beaucoup plus majestueux qu'avant. Elle mit les mains dans sa poche, y chercha son canif. Elle touchait au but.

Elle, l'archéologue, remettrait à jour ce cœur frontière créé jadis par Ivan. Avec la grâce d'une vestale, elle plongerait la lame dans la sève et remettrait à jour un lien qui avait disparu. Combien de fois dans ses rêves avait-elle imaginé cela ? Combien de variantes avait-elle inventées ? Elle s'approcha de l'arbre, le cœur prêt à exploser. Mais sur l'arbre, l'inscription tant attendue n'y était plus. Du moins pas celle à laquelle s'attendait Léna.

Là, autour des initiales L + I, il n'y avait pas un seul cœur frontière, mais plusieurs. Le canif émit un bruit sourd en tombant sur le sol. Machinalement, Léna regarda en arrière, comme si, tout à coup, une personne pouvait surgir de ce lieu abandonné.

Ivan était-il en vie ? Qui d'autre que lui pouvait renouveler ce geste ? À l'abri dans ce labyrinthe végétal, Léna s'attendait presque à retrouver son Minotaure. Fébrilement, elle toucha du doigt l'écorce. Une fourmi monta sur son index. Puis deux. Leurs pattes s'affolaient sur la peau, elles s'enfuirent dans les interstices de l'écorce.

Léna caressa l'inscription. Dix-neuf fois, elle fit le tour d'un cœur. Dix-neuf fois, elle cessa de respirer. Les neuf derniers cœurs étaient moins réguliers que les premiers. Son index sondait l'écorce et tentait de percer ce mystère. Bientôt, ses larmes baptisèrent le sol. Quelqu'un était venu ici chaque année, et il avait continué d'étendre ce symbole, malgré les années.

44

En revenant ici, elle n'aurait jamais imaginé qu'Ivan fût en vie. Son père lui avait tellement parlé de sa mort qu'elle s'était fait une raison. Soudain, ce voyage n'était plus un pèlerinage désincarné : en son centre palpitait une frêle silhouette. Mais comment le retrouver ?

Elle prit la décision de revenir le lendemain à l'aube. S'il y avait dix-neuf cœurs, le vingtième serait tracé le lendemain, jour de la catastrophe. Une dernière caresse à l'arbre, puis elle rebroussa à regret son chemin. Elle tomba nez à nez avec Iulia. Son regard la gifla. Les R de la jeune femme roulèrent comme une avalanche de pierres :

« Vous autres, les étrangers, vous ne comprenez pas. La terre ici n'est plus l'amie de l'homme, elle l'a rejeté. Vous pensez que Pripiat est une attraction touristique à sensations fortes ? Vous n'êtes bons qu'à jouir de décharges d'adrénaline. C'est ainsi que se comportent ceux qui ne connaissent pas le prix d'une vie. »

Léna ne dit rien, la guide risquait son emploi. Le retour dans le car fut des plus silencieux. En revanche, une fois revenue à Kiev, elle resta quelques minutes à l'arrière du car, puis elle s'approcha du chauffeur. Ils échangèrent quelques paroles, l'homme eut ce geste las de ceux qui ont cessé de vouloir comprendre les autres, mais il lui promit de la conduire à Pripiat le lendemain. Une liasse de billets ponctua l'affaire. Cette nuit-là, dans la chambre d'hôtel, Léna s'entortilla dans ses draps sans jamais attraper le sommeil.

Le lendemain, à 5 heures, le chauffeur l'attendait dans une Lada des années 1980. Finalement, le temps était bien revenu en arrière. Elle s'engouffra dedans. Sans sa casquette, l'homme semblait plus âgé. Ses cheveux blancs parsemés lui donnaient l'air d'un vieux sage. Des dents d'or ponctuaient son sourire, tandis qu'il évoquait l'Ukraine d'autrefois. Le retour d'une fille du pays ne l'étonnait guère.

« L'Ukraine possède le magnétisme d'une rousse aux yeux verts. Comme cette actrice dont le nom m'échappe. Même si on ne veut pas revenir, on y revient toujours tôt ou tard. Il faudrait creuser le sol pour savoir ce qu'il contient, mais depuis toujours, l'attrait pour cette terre est indéniable. Moi le premier. »

Arrivé au garde-barrière, le chauffeur serra la main du douanier d'une poignée pleine de billets. Un peu plus loin, il laissa Léna avec toutes les recommandations nécessaires. Il serait de retour à 14 heures. Il attendrait puis repartirait au bout de trente minutes. Après tout, il avait été payé pour faire le passeur, pas pour attendre. Les problèmes des autres n'étaient pas les siens.

Avec ses nattes aux cheveux blonds repliés, Léna ressemblait à une amazone. Seule, face à sa terre, elle rayonnait. Le bruit du moteur laissa place au silence. L'éclat des verts la surprit encore une fois. Elle sourit quand passèrent devant elle des rouleaux d'*Artemisia vulgaris*, cette herbe noire d'Artémis et qui donna son nom à Tchernobyl. Elle passa devant la grande roue rouillée de la fête foraine, s'engouffra dans le labyrinthe végétal, puis retrouva l'arbre en son épicentre.

Elle toucha de nouveau les inscriptions. Elle n'avait pas rêvé. Elle choisit de se placer derrière un saule et attendit debout : la terre était trop radioactive pour espérer s'y asseoir. Les secondes s'écoulèrent comme des années.

Léna somnolait de sa courte nuit. Soudain, des pas s'ajoutèrent au bruit des rongeurs et des renards. Symboliquement, elle photographia cet instant : une lumière blanche, des reflets autour des feuilles, son souffle retenu. Une silhouette noire trancha l'horizon. De dos, capuche relevée. Était-ce Ivan ? L'homme eut le même geste que Léna, la veille : il sortit un canif, puis le plongea dans la sève de l'arbre.

Quelques oiseaux s'envolèrent. Six aigles à queue blanche. Léna se fit augure : jamais le vol des oiseaux n'avait menti. Portée par ce signe, elle se rapprocha avec la lenteur des gestes sacrés. Il ne l'entendit pas. À portée d'épaules, il se retourna soudain, comme un enfant pris en flagrant délit de bêtise.

45

Léna défaillit. Là, devant elle, ce n'était pas Ivan. Des traits grossiers barraient le visage de cet homme ; une peau burinée, fatiguée, des sourcils épais et en broussailles ; un catogan emprisonnait des cheveux parsemés de gris. Elle ne comprit pas et recula. L'homme ne réagit pas, puis comme dicté par la voie du destin, il chuchota :

« Léna ? »

Il prit son silence pour un acquiescement. Son sourire le rendit moins sauvage. Et c'est tout naturellement qu'il commença à parler :

« Je t'aurais reconnue entre toutes. Voilà dix ans que je viens ici tous les 26 avril. Je le fais pour Ivan. Si tu savais le nombre de fois où il m'a parlé de toi ! »

L'homme n'avait finalement rien d'un laid, la surprise de Léna l'avait métamorphosé dans son esprit. Il avait même l'air plutôt sympa. Ses yeux bleus riaient et invitaient à engager la conversation. Sa bonhomie résonnait dans la forêt. Face aux yeux écarquillés d'une Léna muette, il poursuivit sans attendre :

« Même sans la description minutieuse d'Ivan, je t'aurais reconnue. Tu es habillée à l'occidentale, et ton dosimètre est la preuve que tu ne vis pas dans la région. Tu vois, moi, chaque année, je fais ma balade dans cette forêt, canif à la main. Une sorte de pèlerinage. Moi aussi, je suis un enfant de la Zone. Mais vu ton visage étonné, je doute que tu m'aies reconnu. »

Léna était abasourdie, elle tentait de comprendre cette apparition, ce débit de paroles et la joie complètement en décalage du dosimètre qui bipait aussi rapidement que son cœur. La jeune femme s'empêchait presque de réfléchir. Les coups de canif sur cet arbre étaient la preuve qu'Ivan était mort. Sinon pourquoi un autre que lui viendrait-il ici ? Toutefois, elle ne posa aucune question. Elle ne voulait surtout pas entendre la réponse. Il le comprit et prit les devants :

« Je suis Pavel, nous étions dans la même classe en huitième. »

Surgirent alors des images d'un garçon brun joufflu.

« Cependant, je doute que tu sois revenue pour moi. Viens, je t'emmène voir Ivan. Ici, la nuit, les loups règnent en maîtres. Sortons de la zone d'exclusion. »

46

Vingt ans après, rien n'avait changé, ou plutôt tout. Quand ils arrivèrent devant la maison, le temps semblait s'être arrêté. Face à eux, une grande cabane en bois autour de laquelle d'autres formaient un chapelet. Une douche extérieure en contrebas qui ne devait fonctionner que l'été. Un peu plus loin encore, un autre cabanon. En s'approchant, elle remarqua un alambic artisanal à travers les carreaux sales. Il servait à distiller la vodka.

Le rythme cardiaque de Léna entrait en résonance avec les bips syncopés du compteur Geiger. Ivan vivait ici. Elle s'avança alors vers la maison en bois, et son cœur poussa la porte. Encouragée par Pavel à entrer, elle franchit le seuil, mais ne distingua rien. Seulement une forme, à côté de la cheminée. L'homme que son père avait décrété mort était là. Dans l'obscurité, elle peinait à retrouver celui qu'elle avait quitté vingt ans plus tôt. Il n'était jamais parti, il avait écouté son père, ce taiseux à l'âme damnée.

La silhouette se leva, cette ombre avait des épaules larges. Leurs regards se rencontrèrent, deux paires d'yeux noirs. Ivan esquissa un sourire. Où commençait sa barbe ? Où terminaient ses cheveux ? Il murmura quelque chose que Léna n'entendit pas.

Elle avait quitté un jeune adolescent, elle retrouvait un adulte. Son esprit invoqua des souvenirs perdus, comme pour mieux les épingler sur ce nouvel Ivan. Un à un, Léna retissa les anciens liens, les étira sur toute leur longueur, les polit pour leur redonner leur couleur d'autrefois. La chimie du corps s'invita dans cette danse : rapidement, les vaillants soldats de la mémoire firent leur travail. Deux adultes se faisaient face, muets et maladroits dans leur corps. Pavel leur vint en aide et proposa à Léna d'enlever son manteau.

Depuis que la jeune femme était entrée, Ivan sentait la nature se réveiller, cette belle au bois dormant enfilait de nouveau ses habits. Elle chantait les retrouvailles de deux enfants choisis et réveillait ses cordes de vent. Il en fut ému, mais ne le montra pas à Léna. Le moment n'était pas venu : ils devaient se retrouver tous les deux avant tout.

Il l'invita à s'asseoir d'un signe de tête. Vingt ans. Long, et tellement rien à la fois. C'était comme appuyer sur avance rapide, et vieillir de plusieurs années en quelques secondes. La relativité du temps réduisit ces longues années comme une peau de chagrin.

Il faudrait du temps pour combler leurs blancs et renouer cette amitié qui avait été la leur autrefois. La faire germer, y accorder un soin particulier, la couver presque du regard, comme une vestale devant son feu sacré. Au début, il faudrait se forcer un peu, puis les choses redeviendraient naturelles : les failles trouveraient racines, les branches gorgées de sève couvriraient les oripeaux. Ces vingt années d'absence étaient une dentelle à combler.

Pour le moment, le silence les étouffait. Ivan servit un verre d'eau à Léna. Seul un léger tremblement de sa main laissait percevoir son émotion. Par où commencer ?

Il était inutile de parler du beau ou du mauvais temps. Ils valaient mieux que cela. Ivan commença. Il avait toujours été le premier à se lancer. Derrière eux, un bruit de porte emplit leur silence : Pavel les avait laissés seuls. Alors, Ivan raconta tout.

47

« Après ton départ, tout s'est précipité. L'armée a débarqué chez nous : mon père ne comprenait rien à leurs directives. Tout quitter ? La ferme, les bêtes, la forêt ? Ne devinaient-ils pas son attachement ? Sa vie était là, parmi les hêtres et les saules. Pour toute réponse, un soldat a tiré sur notre chien. La détonation a retenti en écho dans la forêt. De colère, Maroussia s'est jetée sur cet homme, l'a tapé de sa hauteur d'enfant. Le soldat a hurlé de calmer cette petite, mais mon père, hébété, n'a pas bougé. Ma sœur est revenue vers nous, puis a calé sa tête contre la cuisse de mon père, le regard planté sur le fusil de l'ennemi. Ma mère se tenait sur le perron, ses mains sur la fourche ; moi, je n'osais plus bouger.

« Tu étais partie, Léna, et maintenant c'était à notre tour. Un instant, j'ai secrètement espéré te retrouver dans notre exil commun. J'ai regardé la forêt : en une nuit, elle avait subitement changé. Son silence m'effrayait, les oiseaux ne chantaient plus, et une pluie noire tombait depuis deux jours. Mon père a mis sa main sur mon épaule et m'a invité à le suivre. Ce jour-là nous avons quitté Pripiat : nos pas avaient le poids des regrets.

« Notre exil prit des teintes blafardes : dans les rues, des militaires en combinaison jetaient de la poudre blanche sur les routes. Quand ils nous tendaient des bouteilles de lait, leur masque effrayait Maroussia. Elle ne cessait de pleurer, mais buvait sans rien dire ces litres de lait. Avec mes moustaches blanches, j'essayais de lui redonner le sourire. Plus tard, j'ai appris que le calcium atténuait les radiations. Nous avons été relogés quelques mois dans une forêt, sous des tentes. Je me souviendrai toujours de ce 1er mai : certains avaient pris leur accordéon, mais personne n'a eu l'envie d'en jouer. Le silence de la forêt était effrayant. »

Léna comblait les blancs. Combien d'histoires possibles s'était-elle racontées après son départ ? La réalité se dévoilait enfin, vingt ans après. La gorge sèche, les mains tordues par l'émotion, la jeune femme continua d'écouter un récit qu'elle attendait depuis son exil.

« La vie a continué. Avant l'hiver, nous avons obtenu un petit appartement dans la banlieue de Kiev, mais les bruits de la ville assombrissaient mon père. Quelques mois plus tard, il est parti sans un regard vers sa famille. La forêt l'appelait. Nous avons continué sans lui : je suis devenu le chef de famille, j'ai grandi d'un coup. Ensuite, nous avons appris qu'une nouvelle ville se construisait près de la Centrale. Après l'appartement provisoire de Kiev, nous avons été relogés à Slavoutytch, une ville nouvelle, comme ces nouveaux champignons dans les bois. Aucune histoire dans ses pierres ne la soutenait. Quelques habitants de Pripiat sont restés à Kiev, dans des barres d'immeuble sans âme.

« Avec ma mère, nous étions étonnés : ils construisaient une Pripiat moderne, pâle imitation de la première, à quarante kilomètres de son aînée. L'emplacement a été choisi parce qu'il y avait une ligne de chemin de fer et une rivière. À quoi tient une nouvelle ville ! On y relogeait les familles des liquidateurs, ces ouvriers martyrs, mais aussi les travailleurs de la Centrale. Jusqu'en 2000,

Tchernobyl est restée la plus grande source de travail dans la région.

« Au fil des années, la ville a même attiré du monde d'autres régions : certains ont revendu leur appartement situé près de la mer Noire pour venir ici. Les meilleurs hôpitaux, des infrastructures nouvelles : cela plaisait. Les premiers temps, nous avons tous cru que l'accident de Tchernobyl était oublié. »

Ivan eut un rire sombre qui fit sursauter Léna.

« Aujourd'hui, je vis ici. Parmi mes arbres. C'est cette forêt qui a redonné du sens à mon existence. Il y a huit ans encore, j'étais de toutes les fêtes, de toutes les sorties. Je comblais un vide. Je ne me posais jamais. Là-bas, la ville ne dormait jamais. Mes amis étaient comme moi, à tourner, tourner, sans s'arrêter. À chaque fois, en fin de soirée, nous terminions dans un sauna de la ville. Des corps nus, des volutes de vapeurs et de fumées autour de nous. État d'ébriété, consommation excessive d'alcool et de drogue, de sexe aussi. Une jeunesse écarlate écartelée. Nous étions tous conscients du visage de la mort, nous l'avions côtoyée de près, des amis étaient morts, d'autres souffraient depuis des années. Il fallait nous divertir avant que la faux ne nous coupe. J'ai même rencontré Oksana là-bas. Ta baby-sitter. C'est elle qui m'a reconnu. Devant moi se tenait une femme au visage fané. Oksana. La pétillante jeune fille avait laissé place à une désillusion. Je l'ai invitée à s'asseoir à côté de moi, lui ai servi un verre, un deuxième, puis un troisième. L'alcool a délié nos langues. Son visage était bourré de tics. Elle m'a parlé de son père, de son travail à la Centrale, de la nuit de l'accident. Quand son père est revenu le lendemain, l'accident lui avait brûlé les yeux. Dans son lit, le délire l'a pris, il racontait de sombres histoires de vengeances et de mouches. Son père n'était déjà plus le même. Et puis la toux est arrivée. Sèche au départ, elle est vite devenue grasse, puis sanguinolente. Il s'est mis à vomir du sang. Une ambulance est venue le chercher.

« Oksana m'a raconté l'atrocité des dernières heures. La peau qui se détachait et les os qui semblaient fondre. Après sa mort, personne n'a pu récupérer le corps, car il appartenait à l'État. Comme beaucoup d'entre nous, Oksana est partie à Kiev. Elle voulait comprendre quel était ce mal invisible. Son père était un héros mort pour la patrie. Elle a passé ses journées à errer dans les couloirs de l'hôpital. Connaître le coupable est devenu sa raison d'être. Les jours ont passé, Oksana restait toujours dans l'ignorance. Elle m'a avoué qu'elle repensait souvent à leur dernière discussion : parfois, Oksana rêvait qu'elle n'avait jamais eu lieu. Elle se réveillait en imaginant comme sa mort aurait été plus douce. Aujourd'hui, Oksana est devenue guide touristique à Tchernobyl. Elle cherche encore les coupables de la mort de son père. Sa quête l'épuise, mais chaque jour elle pense se rapprocher de la vérité. Si tu le souhaites, nous pourrons aller la voir, Léna. »

Léna était sans voix. Ivan se faisait l'écho d'une génération, voire d'une patrie entière brisée. Lui était vivant, mais ces mots étaient remplis de morts. Pourtant, elle devait l'écouter, elle était venue pour comprendre, se rappeler, se souvenir. En vérité, elle était venue pour lui.

Ivan se servit un verre d'eau qu'il but d'un trait. Il poursuivit :

« À Slavoutytch, Dionysos règne en maître. On dit d'ailleurs qu'ici personne ne dort seul dans son lit. Ivresse, démesure, décadence, orgie, polyamour : mets le mot que tu veux, Léna. Tant qu'on n'a pas vécu à Slavoutytch, on n'a pas le droit de juger. Les pulsions rythmaient ma vie, j'étais comme un corps évaporé sur lequel rien ne reste, si ce n'est ces ondes radioactives invisibles que mon sang a accueillies trop de fois. Seul le présent compte. À Slavoutytch, la jeunesse est l'incarnation même du *no future*. En marge. Quelques jeunes partent toujours poursuivre des études à Kiev, mais cinq ans après ils reviennent tous. Avec sur les lèvres le même discours : "Quelque chose ici nous aspire."

« Ils sont incapables de rester suivre de brillantes carrières dans la capitale. Ils préfèrent devenir des soudeurs ou des dosimétristes à la Centrale. Toutefois, le soir, quand l'alcool délie nos langues, nous sommes tous les mêmes. Quand il côtoie la mort de trop près, l'homme devient un observateur des choses du monde. Il porte un savoir que nul autre n'égale. La débauche de l'âme humaine n'a aucun secret pour nous.

« À vingt-cinq ans, nous étions une jeunesse usée. Tout n'était que pourriture, saleté et détresse. Alors nous buvions. Jour et nuit. Nous oubliions ainsi notre ruine. Lorsque l'un de nous était condamné par une cirrhose ou une hépatite, nous éclations de rire face au destin. Ce ne seraient pas les radiations qui nous tueraient. Un joli pied de nez à la réalité ! Il y a sept ans déjà, Igor, que tu as bien connu, est mort parce qu'il a perdu l'équilibre. Nous faisions la fête, et il a voulu rejouer la fameuse scène du Titanic, "*I'm the king of the world*". Il s'est un peu trop penché, il a basculé. Son corps est tombé quelques mètres plus bas. Oui, le roi du monde, c'est lui. Ironiquement, la radioactivité pèse moins lourd que trois grammes d'alcool. Un accident bête. Il prenait une photo du groupe avec son portable, sauf qu'il a été déséquilibré quand son téléphone lui a glissé des mains. Alors, il a suivi le même mouvement que lui. »

Les jointures de Léna étaient exsangues, son corps peinait à prendre de l'air. Elle avala douloureusement sa salive. Ivan continua, sans réellement la voir, il avait attendu ce moment pendant vingt ans. Combien de fois avait-il répété la scène dans sa tête ?

« Paradoxalement, ce ne sont pas les radiations que nous craignons ici, mais la vie. Statistiquement, Slavoutytch est la plus jeune ville d'Ukraine, les habitants devraient être le fer de lance de notre patrie : les meilleures écoles, les meilleurs hôpitaux, aucun chômage. Un véritable pays de Cocagne chez le feu Soviet ! À Tchernobyl, ils ne travaillent que par tranche de quinze jours, et ils se reposent les quinze jours suivants. N'est-ce pas une aubaine ? Mais que font-ils le reste du temps ?

« L'oisiveté n'est pas une sœur pour l'homme. Ces hommes tergiversent. Petit à petit, l'esprit se ferme aux ondes qui les entourent. À quoi ressemble leur vie ? La mort rôde à leurs côtés et se rit d'eux. Les dirigeants les laissent retourner chaque quinzaine sur une terre maudite. Qui connaît les véritables risques ? Alors ils s'étourdissent. Le goulot de la bouteille devient leur meilleur ami. »

Il eut un geste fataliste de la main :

« Puis, après tout, habiter là ou ailleurs : qu'importe. Le sens de la vie a toujours échappé à l'homme. »

Il posa un regard éteint sur elle. Si la lumière avait été plus forte, Ivan aurait vu le visage de Léna, et il n'aurait peut-être pas continué son récit.

« Peut-être es-tu venue pour avoir des nouvelles de Pripiat ? Je te parle d'une ville inconnue pour toi, qu'en as-tu à faire, finalement ? »

48

Soudain, il se leva, et ouvrit un tiroir. Un peu trop brusquement, car celui-ci tomba. Un paquet de feuilles s'éparpilla au sol.

« Sais-tu ce que c'est, Léna ? Des lettres jamais envoyées. Des lettres que je t'ai écrites. Avec, à chaque fois, le même espoir. J'ai espéré ton retour tellement longtemps. Puis, un jour, je t'en ai voulu. Tu ne revenais pas. Tu étais comme les autres, à rêver de l'Ouest. Il t'avait prise dans ses filets. Je mentirais si je te disais que je ne rêvais jamais de toi.

« À mon réveil, je t'en voulais de ne pas vouloir quitter mes pensées. Puis, je me suis calmé. J'ai accepté de rêver de toi. Tu es devenue une femme fantôme. Une sorte d'icône de l'Ouest, comme ces images de filles que certains de mes amis accrochent sur le mur de leur chambre. Une fille qu'on imagine. Une fille qu'on ne prend pas. Une sorte d'intouchable que j'avais paradoxalement embrassée. À force de rêver de toi, je t'ai donné des allures d'ombres sur lesquelles mes bras ne se refermaient jamais. »

Léna ramassa les lettres. Quelques feuilles pour une décennie de vie. Alors elle sut tout. Elle revécut le départ de Pripiat, son relogement à Kiev, puis Slavoutytch, mais apprit aussi ce qu'il était arrivé à sa famille, à la douce Maroussia.

Elle lut les lettres en apnée, sans oser relever les yeux vers celui qui la fixait. Lorsqu'elle eut fini, elle n'évoqua pas la disparition de Maroussia. Il est des morts indicibles. Elle se livra à son tour : ses parents, leur volonté de tirer un trait sur l'Ukraine, leur désir de taire cette ancienne vie, et surtout les paroles de son père sur la mort d'Ivan.

« Que peut faire un enfant face à ses parents ? Ceux-ci représentent un idéal à suivre. "S'ils se taisent, c'est sans doute pour de bonnes raisons", pense l'enfant. Je t'ai envoyé une lettre, Ivan, mais tu ne l'as pas non plus reçue… »

Ils se fixèrent quelques instants. Leur regard disait tout.

« J'ai cessé de t'en vouloir, Léna. Mes paroles ne sont plus celles d'un homme en colère, mais je voulais te faire lire mes lettres. Avant tout pour calmer l'enfant en moi qui espérait tant. Je t'ai tellement aimée et haïe à la fois. Il fallait que tu saches.

« Chaque année, pour célébrer notre dernier jour ensemble, un certain 26 avril 1986, j'ai continué de graver un nouveau cœur sur notre arbre. Ton L et mon I entourés de cette frontière que personne ne pourrait venir briser, pas même ces fichues radiations. J'ai cru, des années durant, sans fléchir, que ce symbole te ramènerait sur des terres que tu n'aurais jamais dû quitter. Il serait un philtre puissant, mélange de mon amour déçu, et de notre patrie blessée, comme un chantre mystique. Et puis, un jour, je n'en ai plus eu la force. L'homme a trois chemins devant lui : la technologie, l'amour et la nature. Les négligences de la première ont brisé ma patrie, le second m'a oublié, il ne me restait plus que la troisième voie. La nature et sa forêt de bras. Pavel a pris le relais des cœurs gravés, car il a continué d'espérer à ma place. C'est un véritable ami : de ceux qui y croient toujours pour toi. »

Ivan se rapprocha de Léna. Leurs deux souffles se mélangèrent. Il reconnut ce grain de beauté sous l'œil qu'il aimait tant. Elle était là. Vivante, et respirant le même air que lui. Elle n'osait plus bouger. Il détourna le regard :

« Quand mon père est retourné vivre dans la Zone, je suis quelquefois allé le voir. Pas trop, car ma mère pleurait à chaque fois. Il a racheté des vaches et des chèvres, et les aimait comme ses proches. Souvent, cela se passait bien ; parfois les bêtes devenaient malades. Combien de fois ai-je vu des génisses devenues mères, le ventre gonflé, mortes d'avoir donné vie à un monstre ? Les cornes trop tôt formées dans leur ventre avaient transpercé leur flanc. J'ai toujours en tête leurs meuglements rauques et leur regard fou et vidé de vie. Mais j'ai toujours été là pour elles, je leur ai toujours caressé la tête. Une seule question me taraudait alors : “Ma main a-t-elle apaisé les vaches dans leurs dernières souffrances ?” Quand je revenais, ma mère ne me posait jamais aucune question. Le poids du silence était le même que la chape de plomb autour du réacteur n° 4. Un jour, je n'ai plus retrouvé mon père. Dans la Zone, les animaux ne sont plus les mêmes : leur réflexe de soumission à l'homme a disparu. Qui sait ce qui a pu arriver à mon père. Quand je me balade dans la forêt, il me semble qu'il accompagne mes pas : les rameaux des arbres portent son âme. »

Ivan s'arrêta un instant, cherchant des yeux une vérité insondable. À l'extérieur, la lumière du jour faiblissait.

« Connais-tu, Léna, le destin de ces hommes partis éteindre le feu de la Centrale ? L'armée les a emmenés à Moscou manu militari, dès le travail terminé. Leurs femmes ont à peine pu les voir : ils étaient des torches humaines frappées de foudre divine. Pourtant, ces épouses ont cherché à savoir, coûte que coûte, les récits des dernières heures. Elles erraient autour de l'hôpital, harcelaient médecins, infirmières et femmes de ménage. Elles fouinaient, telles des louves en mal de repères et de meute, en quête de la moindre particule de leur compagnon disparu. Dans leur solitude, elles hurlaient :

"Quel péché ont-ils bien pu commettre pour mériter ce châtiment ? N'ont-ils pas jusqu'au bout servi leur patrie ?"

« Quand ces femmes reviennent aux alentours de la zone interdite, elles haranguent d'autres hommes dont l'unique faute est d'être restés vivants. Depuis, chaque année, elles retournent dans cette Zone, elles reviennent chez elle, frappant le sol de leurs sabots de guerrières. Elles emplissent le silence de leur chant. Elles placent sur une table de fortune une nappe et un repas. Leur façon de fêter les âmes disparues. Elles ne mangent rien, et laissent tout sur place. Le panier remplit symboliquement le ventre d'un mort déchu. Elles repartent ensuite et ornent l'espace de leurs chants ancestraux, vain pansement qui colmate autant leur peine que ce sarcophage bâti trop vite.

« Elles restent là, elles tiennent bon, se fichent presque de ce mal potentiel qui peut gagner leur gorge ou leur sein. Il faut bien mourir de quelque chose. Chaque mois, elles se réunissent chez l'une d'entre elles. À la lueur des bougies, elles se mettent en cercle. Les bougies jettent des ombres terribles, leurs flammes agrandissent ces femmes qui ne croient plus en l'absolu. Chacune porte un masque pour cacher leur réalité, comme dans les tragédies. Elles ne disent rien. Seule la présence des unes et des autres les réconforte.

« Elles sont devenues des exemples à suivre. Des femmes fortes qui résistent et ne ploient jamais. La tête haute, la fourche en l'air, elles défient quiconque se met en travers de leur chemin. Ces femmes se sont un peu éloignées de la Zone, à quelques kilomètres. Elles le font pour les enfants, dont elles serrent le visage et le corps de leurs bras totem.

« Le samedi soir, elles laissent les plus jeunes aux plus grands, et elles redeviennent ces femmes aux blessures béantes, cherchant là, dans des amants de passage, des reliques de leur mari disparu. Le nez sur leur torse, elles se fondent en eux, et glanent, comme dans les champs de blé, les derniers oripeaux branlants d'une vie à laquelle elles ne croient plus.

« À chaque fois, elles sont déçues : elles ne retrouvent jamais sur eux l'essence de leur homme, perdu dans les limbes, de l'autre côté de l'Achéron. Ces hommes ne restent jamais. Le lendemain, ils repartent déjà. Ils sont souvent des touristes venus combler un voyeurisme malsain, ils ne les satisfont pas, de toute façon. Elles mourront seules dans leur tombe, avec en leur épicentre la flamme toujours invaincue de leur mari. »

Ivan raconta tout à Léna. Même ces personnes revenues vivre en zone contaminée un an après la catastrophe. L'État les laissait faire, et leur avait même donné le nom de « *samossiols* », « les revenants ».

« La Zone est devenue un refuge pour eux. Ce sont souvent des personnes âgées, la mort ne leur fait plus peur. Seule leur terre compte. Ils sont comme les oiseaux, ils préfèrent leur nid. Et puis, il y a aussi des chômeurs, quelques criminels et aussi des prostituées. Les ouvriers de la Centrale leur donnent des tickets-repas. »

Léna repensa à Rome, cette ville habitée à l'origine par les braconniers et les voleurs. À quoi ressemblaient ces rassemblements ?

« Un jour, j'ai quitté Slavoutytch. Je devenais malade, je ne cessais de vomir, je ne sortais plus, je ne me reconnaissais plus. Pavel m'a dit qu'il connaissait une femme âgée qui avait besoin d'aide dans sa ferme. Alors j'y suis allé. C'est à ce moment-là que j'ai connu Irina. »

49

Dans l'ombre, Léna sourit pour la première fois : elle ne put s'empêcher d'y lire un symbole. Irène signifiait « la paix » en grec ancien. Ainsi, cette femme lui avait apporté la paix, une fois sa jeunesse débridée terminée.

La famille de la vieille femme avait voulu qu'elle vienne habiter chez eux, en ville. Brinquebalée à plus de soixante-quinze ans, elle fut déboussolée un temps. Sa famille crut qu'elle avait perdu la tête. En réalité, dans sa chambre minuscule, Irina dépérissait : elle se sentait abandonnée parmi les siens : son exil était pire que la mort. Et puis une nuit, elle s'est enfuie. Elle est revenue sur ses terres. Sa maison, par chance, n'avait été ni détruite ni pillée. Sa terre était son repère, elle avait grandi et s'était mariée ici. Son époux était enterré dans le cimetière du village voisin. Ici, elle était chez elle avec ses propres racines.

Quand Ivan est arrivé, elle l'a accueilli comme le dernier de ses enfants. Ils ont reconstruit un semblant de famille, Ivan l'aidait dans la récolte, et portait une attention particulière au lavage des légumes sensiblement porteurs de radioactivité. Les années sont passées, Irina est morte l'an dernier, juste avant ses quatre-vingt-dix ans.

« Elle est enterrée dans le fond du jardin. Chez elle. Aux alentours, nous avons d'étranges cimetières : si tu veux, je pourrai te montrer celui de Rassokha. Il est à une heure de marche. Il faut t'imaginer plein de carcasses rouillées. C'est un cimetière militaire qui ravirait les garçons du monde entier. Là, des tanks, des chars, tous contaminés d'avoir rasé nos maisons. »

Léna pensa que dans quelques millénaires, ces véhicules seraient la preuve archéologique de la folie des hommes. Même là, les bips du dosimètre seraient toujours aussi forts qu'aujourd'hui. Ivan parla aussi de sa vie de tous les jours, du gibier contaminé, du poisson plus sain.

« Quand le salaire ne tombe plus, quand l'eau et l'air de la ville ne sont qu'émanations toxiques, quand le ventre d'un enfant crie famine, alors l'invisible n'est rien. Comment vivre avec moins de cent euros par mois ? Sur les marchés, tout le monde achète des légumes, même si tous connaissent leur taux de radiations. Pour d'autres encore, les plus vieux, l'attachement à la terre est plus fort encore que leur propre santé. "La peur du nucléaire est un luxe des pays riches", disent les *samossiols*.

« Tu sais bien ce qu'est l'âme slave. Ses tourments et ses défiances. Mais as-tu déjà lu dans les yeux d'un vieillard cet éclat étrange qui clame un retour à sa terre ? L'appel de la patrie et de ses racines est plus fort que ces radiations invisibles.

« Les *samossiols* vivent en autonomie, ils cultivent leur terre, mangent leurs récoltes. Ils doivent aussi faire attention aux vents dominants, car certains leur apportent la poussière radioactive des ruines de Pripiat. Ils sont un peu des bons sauvages : ils vivent de troc et de partage. Autour d'eux, les animaux sont tranquilles : ils ne les chassent ni pour leur viande ni pour leur fourrure. Il règne une certaine utopie. Certains pourraient les traiter d'inconscients, mais leur terre est plus forte que leur mort. Ils sont heureux ainsi. Le monde les a oubliés. »

Ivan regarda le mur comme s'il cherchait ses mots.

« En 1986, il y a eu une autre catastrophe : l'explosion de *Challenger*. Il paraît que cela a fait perdre vingt ans au Programme spatial international. Tout ça pour sept morts. Et Tchernobyl ? Combien de morts ? Combien d'années cela a-t-il fait perdre ? Aucune. Dans le monde, les réacteurs nucléaires ont continué de proliférer, comme si tout le monde avait détourné le regard. Comme si notre ville avait été enfouie sous le tapis. L'humanité ne peut pas gérer ce genre de vérité. Voilà la vraie raison. Tout cela nous dépasse. »

Dans son monologue, le visage d'Ivan reprenait quelques couleurs, Léna reconnaissait par intermittence l'éclat de ses yeux. Quand il évoquait la nature, ses épaules se redressaient, son corps était habité d'une nouvelle aura, presque ensorcelante. Jamais son amour de la nature ne l'avait quitté.

« C'est vrai, non ? rit-il soudain. Pourquoi les cigognes reviendraient-elles dans la zone, si ce n'est pour annoncer naissances et renouveau ? Les *samossiols* se nourrissent de légumes irradiés, boivent le lait de leur unique vache, enrichi en césium, strontium et plutonium. À l'Ouest, ne prenez-vous pas des compléments alimentaires ? »

Léna sourit en retour. Ils n'avaient pas fait attention, mais le soir était tombé. La jeune femme regarda l'heure : le rictus de ses lèvres montrait son trouble. Encore une fois, Ivan prit les devants :

« Je suis tellement content de te revoir que j'en oublie l'heure et je parle, parle, parle. Tu ne vas pas repartir ce soir. Je déplierai mon canapé. Je te raconterai une histoire ce soir, comme au temps de nos treize ans. »

Dans cette maison sombre aux murs décrépis, elle se sentait paradoxalement à sa place. Léna n'avait cessé de voyager, de partager les mythes, d'établir des correspondances entre l'ancien et le moderne. Encore. Toujours. De l'avant. S'étourdir. Mais là, le vertige était autre. Il lui a suffi d'entendre le récit de ses racines, de cette terre jamais oubliée : en revenant à Pripiat, Léna a coupé ses ailes pour mieux voler.

50

Il fallait toujours à Léna une nuit avant de s'habituer au lit d'un nouveau lieu. Pourtant elle ne se rappelait même plus si elle avait entendu l'histoire d'Ivan jusqu'au bout. Et chose étonnante : sa nuit avait été remplie de rêves, mais elle avait beau réfléchir, elle ne s'en souvenait plus. La lumière du jour taquinait les rideaux gris, la pièce semblait plus grande que la veille. Ivan avait dû ajouter du bois dans le poêle, car il faisait bon dans la pièce. Une certaine langueur surprit Léna, mais elle choisit de se lever. Sur la chaise, le pull kaki d'Ivan traînait : elle l'enfila. La laine lui piqua les épaules, mais l'enveloppa d'emblée de sa chaleur rustique.

Elle entendit du bruit à côté, elle tourna la tête au moment où la clenche s'abaissait. Par l'entrebâillement de la porte, Ivan passa sa tête. Elle ne le reconnut pas. Sa barbe hirsute qui se mélangeait aux cheveux sans forme avait été rasée. Il avait aussi dû passer des coups de ciseaux profanes sur quelques mèches : il avait l'air d'un piaf ébouriffé. Léna rit, attendrie par ce nouvel Ivan : il avait perdu dix ans en une nuit.

« Comment me trouves-tu ? Je me suis dit que je me devais d'honorer l'hôte de marque que j'avais à la maison. »

Ils se regardèrent, la lumière de leur sourire migrait jusque dans le regard.

Au moment de lui faire la bise, Léna perçut un murmure lointain. Des chuchotis. Elle arrêta son geste et tendit l'oreille. La nature grondait au loin. Elle parlait la langue des oubliés. Le bruit s'amplifiait, comme des sabots qui frappent le sol. Bientôt, il se fit rivière, renversa cohorte d'espoirs déchus. Le vrombissement se rapprochait de la maison. Il était près de l'enclos des poules, et contournait l'alambic : il dévalait maintenant la pente. Il serait bientôt devant la maison. Soudain, la porte d'entrée s'ouvrit. La lumière blanche du matin habilla Léna et Ivan de son haleine froide. Dans l'embrasure, l'ombre chinoise de Pavel se détacha, elle le rendait géant.

« Allez, Ivan, remue-toi un peu ! Il est temps de récolter notre sève de bouleau ! »

Il fit une courbette devant Léna, comme un courtisan, puis partit comme un cabri vers l'appentis.

Une tasse de café-chicorée à la main, Léna arpenta le jardin. Le givre crissait sous ses pas, la nature s'éveillait et lui offrait ses doigts blancs. De temps en temps, son regard se posait sur Ivan. Les deux hommes étaient penchés sur les bouleaux, récoltant minutieusement la sève. Ils étaient dans leur élément, Pavel chantait des airs qu'elle n'avait plus entendus depuis vingt ans.

Elle se surprit à fredonner avec lui. Un sourire élargit ses lèvres. Elle leva les yeux : un aigle volait au-dessus de la ferme, sa queue blanche virevoltait en rythme avec leurs voix. Ensemble, ils s'accordaient avec le réveil de la nature, leur chant Щедрик annonçait le printemps, et les récoltes abondantes à venir. La gelée sur les plantes fondait et s'écoulait sur la terre, son goutte-à-goutte cristallin annonçait le bruissement de l'hirondelle revenue.

Soudain, avant le refrain, Ivan apparut à ses côtés :

« Léna, j'ai quelque chose à te montrer. »

Il revint quelques minutes plus tard avec une boîte à chaussures qu'il tendit à Léna. Un carton poussiéreux aux allures de boîte à trésor.

Elle l'ouvrit lentement, mi-inquiète, mi-curieuse. Elle vit d'abord les reflets blonds, et la laine rouge. Un hoquet de surprise la prit. Là, dans ce carton sans âge, sa poupée. Des cheveux *mereux*, des couleurs jaunies, des habits déchirés.

« Je suis désolé, Léna, elle est restée trois ans dans ton appartement. Quand j'ai pu me rendre chez toi, c'est la première chose que j'ai prise. Bien entendu, c'est un cadeau empoisonné. Je doute que tu puisses la caresser et la prendre dans tes bras, à cause des radiations, mais voilà, je me suis dit que si tu revenais, tu aurais envie de la revoir. »

Léna ravala ses larmes.

« Il faut aussi que je te montre quelque chose. »

Elle retourna dans la maison, avant d'en sortir avec deux figurines en bois dans la main.

« Mes santons.

– Ils ont toujours été avec moi, Ivan. Même quand je te croyais mort, ils ont accompagné mes nuits. Si tu regardes bien, il y en a un qui n'est pas le tien. Je te raconterai son histoire. »

Puis, un peu plus bas, elle ajouta : « Je voulais te dire… Je suis désolée… de ne pas être revenue plus tôt. »

Ivan la coupa d'une main amie sur son épaule.

« Ne dis rien. Cela n'est jamais bon de remuer la rancœur. En revanche, aimerais-tu te remonter le temps ? »

51

La traversée de Pripiat prit un autre goût avec Ivan. Ils avaient à la fois trente-trois et treize ans. Les époques se mélangeaient comme le lierre autour des bâtisses. Ivan lui montra la faune : les chevaux sauvages aimaient tout particulièrement ce champ ; quant aux lynx, loups, et ours, Ivan ne put lui montrer que leurs traces dans la terre fraîchement piétinée.

« La nature n'aime pas le vide, alors elle l'a comblé. Ici, les animaux vivent sereinement, loin de la folie des hommes. Ils vivent moins longtemps et sont moins touchés par les conséquences des radiations. Pour les zoologistes, c'est une aubaine : Pripiat devient une réserve naturelle d'espèces parfois menacées. C'est le nouvel eldorado des animaux. Quel paradoxe ! Des scientifiques ont même démontré que la radioactivité serait moins néfaste pour les animaux que l'agriculture, la chasse ou encore la déforestation. L'animal se débrouille mieux sans l'homme. Dans Pripiat, il y a énormément de chevreuils, alors que dans le reste de l'Ukraine ce mammifère décroît ! Cette Zone n'a pas fini de nous étonner. »

Ils arrivèrent bientôt devant l'immeuble de Léna. Lui non plus n'échappait pas à la ruine. La lente montée des marches, la porte ouverte sur un appartement effroyablement vide : avait-elle vraiment vécu ici ? Des cloques s'étaient formées sur tous les murs, des racines chatouillaient les narines du portrait de Lénine, les lits éventrés de leur matelas. Tout ou presque avait été pillé : la baignoire, la tuyauterie, les clenches. Même la télévision était un cadre grotesque sans cathode.

Et puis, au milieu de tout ce barnum, elle tomba sur les sandalettes bleues qu'elle mettait le dimanche. Elles étaient elles aussi mangées par la moisissure. Elle marchait chez elle comme dans une cathédrale. Ici, la vie s'est arrêtée le 26 avril 1986.

Le soir tombait. Il fallait rentrer. Sur le chemin du retour, Léna remonta le temps : elle lui raconta les santons, le papier plié dans son portefeuille, les histoires qu'elle se racontait, ses études, ces chants qu'elle entendait où qu'elle aille. Ivan l'écoutait : le flot continu de paroles semblait intarissable, comme s'ils s'étaient quittés la veille.

Il était le maître des lieux à Pripiat, il connaissait les ponts des arbres pour éviter les gardes, ils passèrent sous un arc de saules pleureurs. Étrangement, la soif insatiable de Léna s'apaisait au contact d'Ivan, l'étau qu'elle appréhendait souvent relâchait son emprise. Ivan n'était plus le même qu'hier : ses yeux semblaient animés de nouveaux rayons.

Pour fêter leurs retrouvailles, une bouteille de vodka fut sortie du placard, et lentement les langues se délièrent au contact de l'alcool. La sérénité de Léna se transforma même en une certaine euphorie des sens. Elle regarda Ivan en cachette, tandis qu'il s'affairait dans la cuisine.

Cette image la troubla. Ivan venait de mettre des chants folkloriques pour accompagner leurs échanges. Elle profita de ce moment suspendu où l'ivresse des sens dépasse la raison. De la pulpe de son index, elle caressa la main d'Ivan. Un arceau électrique parcourut la base de ses cheveux. Ivan ne réagit pas. Il retira même sa main. Un silence gêné envahit le salon, la bûche dans le poêle se rompit en deux et fit un bruit sourd. Il se racla la gorge.

La gêne étouffa Léna. Elle s'était manifestement trompée. Elle passa une main dans ses cheveux, qu'elle rassembla en chignon lâche. Le silence durait. Elle se versa un nouveau verre, puis le posa machinalement. Elle ne savait où poser ses yeux. Ivan perçut le malaise. Il s'accroupit à sa hauteur :

« Réfléchis bien, Léna. Regarde qui tu es, et quel homme je suis désormais. Je suis devenu cet ours qu'était mon père, et il a rendu ma mère malheureuse. Je ne veux pas t'imposer cette vie. Je vis en ermite, dans mon labyrinthe végétal. Je ne me plains pas, c'est mon choix. Personne ne vient, hormis Pavel. Tu te vois vivre ici, toi, la Parisienne ? Ne t'accroche pas à un souvenir. Tu es revenue trop tard. »

Léna baissa les yeux. Il continua d'une voix blanche d'enfant :

« Et puis, je ne t'ai pas tout dit. À seize ans, à l'âge où un adolescent veut s'affranchir de ses parents, avec les copains, nous aimions jouer avec le feu. Dans cette région, les occasions ne manquaient pas. Nous flirtions avec la zone interdite chaque samedi soir. Nous étions des aventuriers. Nous calions dans nos sacs des bouteilles de bière que nous entourions d'un jogging. Il ne fallait pas que nos mères entendent le bruit du verre s'entrechoquant. Pour elles, nous nous entraînions le soir, nous étions les futures élites de la Nation. En réalité, nous zonions, certains de devenir par cet acte interdit de véritables hommes. Toutefois, la transgression a un prix. »

Il s'interrompit. Léna fronçait les sourcils.

« Des années plus tard, à Slavoutytch, je me mis à avoir certains troubles. Au début, je n'ai pas véritablement perçu de changement. J'ai commencé à avoir mal au ventre. Des petites nausées le matin. Comme je picolais pas mal, j'ai levé le pied. Mais ça ne s'est pas arrangé. Au contraire, même. Je dégobillais tout. Je maigrissais à vue d'œil. Bientôt, je ne suis plus sorti de chez moi. C'est Pavel qui m'a traîné chez son médecin.

« J'ai l'habitude de les voir, j'ai eu tellement de visites médicales. Combien ai-je dû faire d'examens sanguins ou de la thyroïde ? À une époque, c'était presque aussi fréquent que d'acheter du pain. Tchernobyl ne s'effaçait pas aussi facilement. Les radiations sont le fléau du XXe siècle, une espèce de peste dont les bubons sont invisibles. La peur n'en est que plus grande. N'importe qui peut être touché. Aussi, même si les gens sont empathiques vis-à-vis de nous, ils nous préfèrent de loin.

« Les spécialistes ont beau dire que la contamination se fait en amont, l'anormalité rebute et repousse depuis la nuit des temps. Les irradiés sont les monstres de l'époque moderne, il n'y a qu'à voir les légendes autour de Tchernobyl. La toute dernière raconte que nos lacs sont remplis de silures de deux mètres de long. Nous aussi, nous avons notre loch Ness ! D'autres personnes aiment regarder la maladie en face, elles se persuadent que si l'autre est touché, alors elles ne mourront pas. Un relent de voyeurisme, sans doute : "Meurs, toi, pour que je puisse survivre jusqu'à demain", se disent-ils intérieurement. Les hommes sont ainsi. Ils ont peur de l'extraordinaire.

« À Kiev, un médecin commença sa batterie de tests. Pour la première fois, j'ai vraiment eu peur pour moi.

J'ai repensé à ma petite Maroussia. À sa croissance arrêtée, au traitement pour la thyroïde. Rien n'y a fait, elle est partie. À mon tour, je devenais un cobaye pour ce médecin.

« Il émit des théories avec des noms savants. Après quelques mois de recherches diverses et variées, le couperet tomba sans appel. Il ne trouvait rien. Pas vraiment rassurant : je vomissais toujours autant. Le médecin m'a conseillé de partir de la ville, il pensait que mon mode de vie devait y être pour beaucoup. C'est à ce moment que Pavel m'a parlé d'Irène. J'ai atterri ici, un peu malgré moi. »

Il fit un geste circulaire de la main.

« Ça a été magique. En l'espace de quelques semaines à peine, j'ai repris mes kilos perdus. L'appétit est revenu, je savourais le plaisir simple de ne plus être condamné. À ce moment-là, notre regard change, chaque instant est vécu comme un sursis. Durant ma jeunesse, j'ai joué avec la mort, mais je ne savais pas ce que cela voulait dire vraiment. Quand on la côtoie de près, on comprend notre naïveté de godichon.

« Depuis, la nature rythme mes journées, au fil des mois elle est devenue mon seul repère. Je passe des heures dans la forêt, les jours s'écoulent avec la même lenteur. Je me suis assagi. Je bois très peu, l'alambic que tu as vu dans le jardin est surtout pour les voisins.

« Ici, je me suis trouvé une utilité : avec mon carnet à croquis, je retourne dans la Zone et dessine sa faune, sa flore et ses habitants. Quand je serai mort, mes illustrations seront là pour témoigner de l'étonnante vie qui y règne. Un an après mon arrivée, j'ai commencé à planter des arbres. Ma pelle aurait pu creuser ma tombe, j'ai préféré planter des arbres avec. Des platanes au début.

Puis des bouleaux. Cela a commencé par une bande, dans le fond du jardin. Puis, tout autour du terrain.

« Le platane est un arbre extraordinaire. Il s'adapte à tout, il est insensible aux radiations. Un arbre d'avenir dans la région… La sève de bouleau est, elle, dépurative et anticancérigène. Cet arbre est un peu l'alpha et l'oméga de nos forêts. J'ai eu cette idée après avoir lu *Le Pavillon des cancéreux* de Soljenitsyne. En Sibérie, les gens sont si pauvres qu'ils boivent à longueur de temps du thé d'écorce de bouleau. Là-bas, le taux de cancéreux est le plus faible de Russie. »

Léna vit la passion dans les yeux de son ami.

« Un jour, un voisin m'a expliqué comment récolter la sève de mes bouleaux. Pavel s'est mis à la vendre sur les marchés, à cause de ses bienfaits. Moi, je reste ici. Depuis, c'est devenu une façon de vivre. Le temps passe ainsi. J'ai trouvé un certain équilibre dans cette nature. L'homme lui a tout pris, et pourtant, elle nous donne encore ce qu'elle a de meilleur. Ces arbres sont mon sarcophage végétal. Je suis ce pharaon qui finira seul, au milieu des arbres. Et puis, avant-hier, tu es revenue. Mais regarde bien cet ermite que je suis devenu. La ville me rend malade et m'affaiblit.

– Je suis revenue. Et l'Ivan que je vois, celui qui communie avec la nature me plaît tout autant que celui que j'ai quitté il y a vingt ans. C'est la même personne. Je ne connais pas l'Ivan de Slavoutytch et ne veux pas le connaître. Seul compte le présent. Notre présent. »

Ivan regarda les yeux noirs de cette femme, et ce qu'il y lut lui plut infiniment. À son tour, Ivan posa sa main sur elle. La pulpe de son index dessina des cercles sur sa cuisse. Le majeur vint s'ajouter à cette danse. Des frissons parcoururent l'échine de la jeune femme. Tous les deux étaient mus par un attrait grisant. Un lien les unissait depuis la nuit des temps.

Ils cherchèrent leurs bouches si longtemps caressées en rêve, ils immobilisèrent un temps leurs regards, recherchant dans l'iris de l'autre une réponse qu'ils connaissaient déjà. Chacune des caresses d'Ivan remettait Léna un peu plus à nu. Il fit glisser la robe et s'étonna de la blancheur laiteuse de sa peau. Ses tétons faisaient des taches plus sombres, il ne put s'empêcher de les frôler du bout de sa langue. Dans ses rêves, son apparence se faisait évanescente, là, sous ses doigts, le corps de Léna se révélait, s'incarnait. Les sillons de ses caresses rentrèrent en cadence avec les soupirs de sa douce. La Slave se fit femme-cithare. Les ondulations de son corps répondirent en écho aux soupirs d'Ivan.

Les repères se brouillèrent. Temps et lieu devenaient secondaires. Léna et Ivan avaient treize, vingt-trois et trente-trois ans, tous les âges à la fois. Allongés sur le canapé, les corps repus et gorgés de vie, ils souriaient. Ivan dessina des arabesques sur le dos de Léna :

« Je viens de compter tous tes grains de beauté, ma mie. J'ai dessiné mon plan de navigation. Il commence par ton épaule gauche pour ensuite venir s'échouer sur ce grain de beauté, promontoire au milieu de ton dos. Ensuite, sur mon radeau de fortune, je repars à la recherche de ma Pénélope. Là, en haut de ton dos, tes cheveux jouent le rôle de la Gorgone et de ses serpents capillaires, puis je reprends la route, inlassablement, jusqu'à retrouver mon trésor. »

Enlacés sur le canapé, ils s'endormirent, la tête d'Ivan posée entre les seins de Léna.

52

Le lendemain, Léna se leva la première. L'eau chauffait dans une casserole, quand Pavel entra.

« Il faut que je t'avoue quelque chose. Je ne suis pas très fier de moi. »

Les révélations s'accumulaient, Léna s'assit.

« Ivan a dû te raconter ses frasques à Slavoutytch. Tout est vrai, sauf la raison de son retour. À cette époque, je ne reconnaissais plus mon ami. Il passait ses nuits dans des bars, terminait je ne sais où, ne se réveillait que le lendemain, tard dans l'après-midi. Parfois, c'est con à dire, j'aurais préféré qu'il soit mort, plutôt que de le voir ainsi. Des yeux injectés de sang, le teint blanc, une haleine chargée. J'avais peur pour lui. Il menait une vie de débauché.

« Mais, tu vois, quand la mort s'est trop invitée dans notre vie, alors on fait tout pour protéger les siens. Ivan est comme mon frère. Alors je l'ai drogué. Je suis allé voir une babouchka, à la lisière de la forêt. Elle est connue pour ses décoctions. Les femmes vont la voir pour leur fertilité ou la santé de leurs enfants. Je lui ai demandé de m'aider, lui ai expliqué le problème. Le lendemain, elle me donnait une fiole avec un liquide translucide. Quelques gouttes par jour suffiraient. Aucun goût ne viendrait altérer l'eau d'Ivan. De toute façon, il ne buvait que de la vodka.

« Au bout d'une semaine, Ivan est devenu pâlichon. Il se renfrognait. Il a zoné encore quelques semaines, mais il ne terminait plus les soirées. Il rentrait et vomissait. Je l'ai traîné chez mon médecin, un pote à moi. Lui aussi était dans la combine. Quand le médecin lui a annoncé que les analyses étaient bonnes, Ivan est devenu fou !

« "Vous avez tous le même discours, vous les médecins. Ma sœur non plus n'avait rien, et pourtant elle est morte. MORTE !", criait-il.

« C'est la seule fois où j'ai eu peur de lui.

« Même si c'est pour son bien, c'est toujours difficile de voir son ami souffrir par sa faute. Mais j'ai tenu bon. Pour lui, avant tout. J'avais tout préparé en amont. Je lui ai parlé d'Irène, il est parti de la ville, et j'ai arrêté de le droguer. Depuis, il vit en ermite, mais au moins, il ne s'abîme plus la santé. De toute façon, à Slavoutytch non plus, il ne croyait plus en rien. »

Sur le canapé, ils entendirent Ivan se réveiller. Pavel continua plus bas.

« Je ne veux pas perdre la confiance de mon ami, je ne pourrai jamais lui dire la vérité, mais mon mensonge est déjà moins lourd à porter. »

Léna demeura silencieuse. Quand Ivan les rejoignit, elle signa une entente tacite d'un hochement de tête vers Pavel.

53

Le séjour de Léna se poursuivait : elle était arrivée depuis trois jours, il lui restait encore une semaine. Chaque matin, ils prenaient tout juste le temps d'un café avant d'arpenter la forêt. Ils marchaient d'un pas égal à travers les rangées de bouleaux, le silence de la forêt accueillait leurs confessions. Léna se souvenait des pins de son enfance : leur sève collait à ses doigts quand elle touchait leur tronc l'été. Désormais, il n'en restait rien : après la catastrophe, la forêt était devenue rouge, et les hommes avaient remplacé ces arbres malades par des espèces plus résistantes aux radiations. Sur cette terre brûlée s'élevaient de jeunes arbres sans mémoire.

Les risques étaient réels à la lisière de la Zone. Ivan lui apprit à se méfier des vents et de la mousse sur les arbres, cette mousse qui n'indiquait plus le nord. La nature rythmait leur journée et la communion avec la terre était perpétuelle. Le cinquième jour, il l'emmena voir un immense radar.

« Il atteint cent cinquante mètres de hauteur. Quand nous étions petits, les adultes disaient que c'était un camp d'été pour enfants. Nous étions tellement naïfs ! En réalité, il s'agissait d'un radar antibalistique destiné à protéger d'une attaque américaine. Après le 26 avril 1986, la base militaire a été évacuée, et le radar n'a plus jamais servi. Quatorze mille tonnes et six millions de roubles dépensés pour une menace qui est finalement venue de l'intérieur ! »

Le vent s'immisçait entre les interstices métalliques du radar et émettait une étrange musique.

« Tu vois, Léna, ce radar était appelé "pic-vert" en raison du bruit qu'il faisait. Aujourd'hui, la guerre froide appartient au passé, et les seuls pics-verts que nous pouvons entendre sont ceux de la forêt. »

À la fin de la septième nuit, une lumière inhabituelle réveilla Léna. Le soleil venait d'une minuscule fenêtre qu'elle n'avait jamais remarquée auparavant. L'instant d'après, elle se retrouva dans la cuisine, les volutes épicées d'un café lui chatouillaient les narines. Un silence étonnant emplissait la pièce. La trotteuse de la pendule s'était arrêtée. Était-il vraiment 6 h 19 ? Léna s'approcha de la porte d'entrée. Quand elle mit la main sur la clenche, un rayon de soleil vert tomba sur ses cheveux. Nimbée de cette couronne, elle ouvrit la porte en grand. Au moment de franchir le seuil, un souffle l'enveloppa.

Un spectacle inédit s'offrait à elle. Elle appela Ivan. Doucement. Puis plus fort. Elle entendit des pas encore endormis derrière elle, puis sentit son corps chaud contre elle. Léna posa ses mains sur la ceinture de ses bras puis tourna la tête vers Ivan : ses yeux brillaient d'un étrange éclat et métamorphosaient son visage. Silencieux, il souriait.

Leurs deux corps ne formaient plus qu'un. Bientôt leurs souffles s'accordèrent. Ils se tenaient face à cette nature grandiose qui se dévoilait. L'entrelacs de leur corps mimait celui des branches et des feuilles. Où commençaient les rameaux du platane, où terminaient ceux de l'if ?

Durant la nuit, les arbres avaient poussé démesurément. Ils formaient une haie de géants protecteurs. Nulle arme, nul bouclier. Seule une arche végétale s'élevait. Paisible. Du tricot symplectique de leurs branches germait un équilibre inédit. À travers les feuilles, les rayons du soleil se teintaient d'un camaïeu de verts, d'autres tiraient vers le bleu, se confondaient avec le ciel et donnaient une carnation surnaturelle à cette vision. Comme dans un mirage, les sons étaient lointains, assourdis. Seul le chant des oiseaux accompagnait cette féerie d'une mélodie oubliée.

Ivan prit la main de Léna, ils sortirent dans le jardin et foulèrent un tapis de coquelicots rouges et de pavots blancs. Leurs pieds nus ne ressentaient pas le froid. Ivan s'étonna de trouver des grenadiers. Il cueillit une des fleurs rouge orangé en forme de trompette, la fit rouler entre ses doigts puis l'offrit à Léna.

Irréel et réel se mélangeaient, le temps n'importait plus, seule l'évidence se dévoilait. Léna et Ivan se tenaient au centre de leur éden. Ils avaient encore plus d'une demi-vie à partager : une demi-éternité.

RÉALISATION : NORD COMPO À VILLENEUVE-D'ASCQ
IMPRESSION : MAURY IMPRIMEUR À MALESHERBES (45)
DÉPÔT LÉGAL : SEPTEMBRE 2020. N° 145228 (247527)
IMPRIMÉ EN FRANCE